El inquilino

Javier Cercas (Ibahernando, Cáceres, 1962) es profesor de literatura española en la Universidad de Gerona, Honorary Fellow de la Universidad de Oxford y profesor honorario de la Universidad Diego Portales, en Chile. Traducida a más de treinta lenguas, su obra consta de las siguientes novelas: *El móvil*, *El inquilino*, *El vientre de la ballena*, *Soldados de Salamina* (The Independent Foreign Fiction Prize, Premio Grinzane-Cavour, Premio de la Crítica de Chile, Premio Ciudad de Barcelona, Premi Llibreter, Premio Salambó, entre otros), *La velocidad de la luz* (Athens Prize for Literature, Premio Arzobispo Juan de San Clemente, Premio Fernando Lara, ex-aequo), *Anatomía de un instante* (Premio Nacional de Narrativa, Premio Internacional Terenci Moix, Premio Mondello Città di Palermo, Prix Jean Moner, Premio Radovan Galonja), *Las leyes de la frontera* (Prix Méditérranée Étranger, Premio Correntes d'Escritas, Premio Mandarache), *El impostor* (Prix du Livre Europeén, Premio Internazionale Isola D'Elba, Premio Internazionale Ceppo di Pistoia, Premio Arzobispo Juan de San Clemente, Premio Taofen a la mejor novela extranjera publicada en China) y *El monarca de las sombras* (Prix Malraux). También ha publicado libros misceláneos —*Una buena temporada*, *Relatos reales*, *La verdad de Agamenón* y *Formas de ocultarse*— y ensayos: *La obra literaria de Gonzalo Suárez* y *El punto ciego*. Ha recibido, además, diversos premios de ensayo y de periodismo, como el Francesco de Sanctis, en Italia, o el Joaquín Romero Murube, en España, y diversos reconocimientos a toda su carrera, como el Prix Ulysse, en Francia, o el Premio Internazionale del Salone del Libro di Torino, el Premio Friuladria o el Premio Internazionale Città di Vigevano, en Italia.

El inquilino

JAVIER CERCAS

LITERATURA RANDOM HOUSE

Primera edición: abril de 2019

Fotografía de la cubierta: © James Hardy / Getty Images
Diseño de la cubierta: Penguin Random House Grupo Editorial / Nora Grosse

Printed in Spain – Impreso en España

ISBN: 978-84-397-3576-2
Depósito legal: B-5.243-2019

Compuesto en la Nueva Edimac, S. L.
Impreso en Egedsa (Sabadell, Barcelona)

RH35762

Penguin
Random House
Grupo Editorial

PRÓLOGO

Escribí este libro en el otoño de 1988, cuando acababa de cumplir veintiséis años y llevaba ya uno viviendo en Urbana, Illinois, una pequeña ciudad universitaria norteamericana situada a un par de horas en automóvil de Chicago. Se trata de la misma ciudad donde transcurre la acción de la novela, cuyo protagonista, un profesor de fonología italiano llamado Mario Rota, trabaja en el lugar donde yo trabajaba, el Foreign Languages Building, y vive en el lugar donde yo vivía, un apartamento de una casa con porche y dos plantas, situada en la calle West Oregon, por cuyas grandes ventanas entraba luz a raudales en los días soleados. Sobra añadir que, como todas las novelas que he escrito (o simplemente como toda novela aceptable), ésta es autobiográfica, no porque en ella refiera ningún episodio que de verdad me ocurriera en Urbana, sino porque constituye una reelaboración metafórica y un reflejo bastante fiel de mi experiencia de aquellos años en los Estados Unidos.

Fue una época maravillosa. Había salido de España con mi primer libro bajo el brazo, huyendo de una existencia a salto de mata en Barcelona, atraído por la oferta de un empleo y un sueldo fijos y por el resplandor incombustible de Norteamérica. De hecho, deslumbrado como estaba por determinados escritores norteamericanos, yo creo que aspiraba, más o menos en secreto, a convertirme en un escritor norteamericano, más concretamente en un escritor norteamericano posmoderno; no tardé mucho tiempo, sin embargo, en realizar un descubrimiento sorprendente, al menos sorprendente para mí, y es que yo era español (o esa mezcla de catalán y extremeño que sólo se me ocurre llamar español), con lo que empecé a hacer el tipo de cosas que se supone que hacemos los españoles y que, hasta entonces, yo nunca había hecho: dormir la siesta, comer a las tres de la tarde y hablar a grito pelado. Todo esto no tiene nada de extraño, como sabe cualquiera que haya vivido un tiempo razonable alejado de su país: uno sólo entrevé su lugar en el mundo cuando lo pierde, uno sólo sabe cuál es su casa cuando se marcha de ella, uno sólo empieza a averiguar quién es cuando alcanza a mirarse desde lejos. En cuanto al empleo, consistía en dar clases de español a universitarios del Medio Oeste y en asistir a los cursos del programa de doctorado de literatura española, a cambio de lo cual percibía una remuneración suficiente para sobrevivir, para hacer algún viaje por el país y para volver un par de veces al año a España. Cumplí mis obligaciones académicas con aplicación, pero sin entusiasmo. Éste lo reservaba para leer y escribir; también, para despachar algunos trabajos editoriales traídos de Barcelona que me interesaban bastante más que las clases: una edición del *Amadís de Gaula* que me había encargado Francisco Rico, una selección y traducción de relatos de H. G. Wells, una traducción del ensayo de Joan Ferraté sobre *The Waste Land*, el poema de T. S. Eliot, una traducción de *L'home que es va perdre*, de Francesc Trabal.

Pero ya digo que mayormente me dedicaba a leer y escribir, sobre todo a leer. Urbana era por entonces una ciudad rodeada de inmensas extensiones de trigales salpicadas de pueblecitos idénticos, huérfana de primaveras y otoños, asfixiada por un calor húmedo en verano y cubierta por dos palmos de nieve en invierno, pero su vida universitaria —la única conocida allí, puesto que todo giraba en torno a la universidad— era intensa y bulliciosa, y los fines de semana todos los edificios hervían de fiestas estudiantiles hasta el amanecer donde se hablaban infinidad de lenguas distintas y se cocinaban todas las comidas del planeta; para colmo de bienaventuranzas, el departamento de español parecía por momentos copado por varones homosexuales, de manera que los heterosexuales —y en particular los heterosexuales hispanos— éramos objeto de una atención femenina que yo no había recibido nunca, y que no he vuelto a recibir. Resumiendo: en aquella ciudad perdida en medio de ninguna parte no había nada que hacer, pero a la vez no quedaba mucho tiempo para aburrirse. Además, estaba la biblioteca, una de las más nutridas de Norteamérica, con casi diez millones de volúmenes en aquel momento. Aunque lo mejor de la biblioteca no era la cantidad, sino la calidad. Quiero decir que, a diferencia de lo que ocurría en las decimonónicas bibliotecas españolas de la época, de aquélla el usuario podía llevarse a casa los libros a carretadas, y estaba autorizado a curiosear sin impedimentos por el laberinto de los anaqueles, de manera que tarde o temprano uno acababa haciendo el descubrimiento más importante que, según Alberto Manguel, cabe hacer en una biblioteca; a saber: que el libro que estás buscando no es el que estás buscando —ese libro lo leerás de todas maneras–, sino el que está justo al lado. Así fue como leí en aquellos años no sólo los libros de los narradores posmodernos norteamericanos de los que estaba hambriento —Donald Barthelme, Robert Coover, John Hawkes, William Gaddis, Richard Brautigan o John Irving–, sino también los libros de otros narradores más o menos afines con quienes topaba por azar, como Stanley Elkin o Harry Mathews, o incluso los de quienes, al menos en apariencia, no guardaban ninguna relación con ellos, como Evelyn Waugh o Emmanuel Bove. Allí leí igualmente libros que no conocía de Hemingway, de Calvino, de Bioy Casares; allí descubrí a algunos escritores latinoamericanos de quienes ni siquiera había oído hablar, sobre todo —gracias a mi amigo el poeta Enrique Valdés– a algunos grandes poetas chilenos, como Jorge Teillier y Enrique Lihn, pero sobre todo a Nicanor Parra, que una tarde memorable realizó una lectura de sus poemas en la universidad. Allí también, en aquella biblioteca que parecía contener todos los libros, leí a algunos raros autores españoles por entonces olvidados en España, como Rafael Sánchez Mazas o Gonzalo Suárez, que por motivos diversos fueron más tarde importantes para mí.

Ignoro si todas estas lecturas dejaron su huella en *El inquilino*; puede ser, aunque yo no acierto a rastrearla, quizá porque detectar influencias es menos fácil de lo que suele creerse, y en especial las que se ejercen sobre uno mismo. A pesar de estar ambientada en un campus universitario norteamericano y de que todos o casi todos sus protagonistas son universitarios, no concebí esta novela como una novela de campus, ese subgénero tan anglosajón que ha dado frutos admirables, como *Lucky Jim*, de Kingsley Amis (no sé si *Lolita* computará para algunos como novela de campus), y que, hasta donde recuerdo, yo desconocía casi por completo cuando escribí la mía. En realidad, si me viera obligado a definir este libro tal vez diría que es una pesadilla realista escrita por un apasionado de la literatura fantástica, como lo era yo entonces, que, después de pasarse muchos años leyendo a Kafka como un narrador de literatura fantástica (o de terror), ha comprendido por fin que el inagotable escritor checo también fue un humorista. Sea como sea, no me parece ilegítimo leer *El inquilino* como una peculiar novela de campus, y es un hecho que, al menos en el departamento de literatura española de Urbana, así se leyó durante años. Lo sé porque una década después de la publicación del libro, cuando volví por primera y última vez a Urbana, mis antiguos compañeros me contaron que, cada vez que un nuevo profesor se integraba en la plantilla del departamento, corría a leer la novela a la biblioteca con el fin de informarse acerca de sus colegas, igual que si *El inquilino* fuera, como tantas novelas de campus, una especie de *roman à clef*, esa clase de ficciones en las que cada personaje inventado es una máscara o un trasunto ficticio y más o menos fiel de una persona de carne y hueso. Esta repetida injerencia de lo ficticio en lo real llegó al punto de que el jefe del departamento de español, que al parecer se había sentido retratado sin amor en el jefe del departamento de la novela, decidió tomar cartas en el asunto y acabó ingeniándoselas para que desapareciera de la biblioteca el único ejemplar del libro, cosa que, a tenor de las medidas de seguridad que blindaban aquel edificio, debió de ser aproximadamente tan sencillo como hacer desaparecer un lingote de oro de la base militar de Fort Knox, Kentucky.

He mencionado la fantasía y el humor como elementos definitorios de esta novela; debería añadir una cierta cualidad o vocación visual y un sentido permanente de la extrañeza, que sin duda reflejan mi fascinación de extranjero ante la realidad que me rodeaba. Quien se anime a leer estas páginas quizá eche de menos algunos de los rasgos más notorios (o más aparatosos) de mis libros más leídos: las estrategias metaliterarias y autoficcionales, la narrativa exenta de ficción, el pasado como dimensión del presente o lo colectivo como dimensión de lo individual; pero, si es un lector de buena fe (es decir, un lector hedónico), acabará aceptando que nada o casi nada sustancial de lo que esta novela contiene es ajeno a mis novelas posteriores —cuando, más o menos a partir de *Soldados de Salamina*, dejé sin saberlo de ser un escritor posmoderno y empecé a ser lo que quizá tengamos que resignarnos a definir como un escritor post-posmoderno—, novelas que tal vez no son sino un desarrollo inesperado pero natural, a veces una transfiguración hiperrealista, de las novelas anteriores.

Es probable que un escritor nunca sepa cuál es el tema profundo de sus libros, a qué terrores ocultos, a qué ambiciones o deseos frustrados dan forma. No he vuelto a leer *El inquilino*, pero recuerdo que la última vez que lo leí, hará casi veinte años, con vistas a preparar una reedición como ésta, sentí que la novela trataba en secreto de mi temor, casi mi pánico, a quedarme de por vida en aquel país que tan hospitalariamente me había acogido, llevando la vida fácil, fantasmagórica, deshuesada e itinerante de profesor español en campus universitarios tan confortables e irreales como el de Urbana, que era el destino al que me abocaba mi condición de hispanista emigrado (y que, casi de milagro, acabé evitando). También recuerdo que sentí nostalgia del veinteañero libre, salvaje, furioso e indocumentado que escribió estas páginas, y que me gustaron la energía, la vitalidad, la frescura y la fluidez narrativa que, quizá con demasiada generosidad, creí leer en ellas.

En junio de 1989, cuando se publicó por vez primera *El inquilino*, mi aventura americana había terminado y yo ya estaba de vuelta en España. Muy poca gente leyó la novela y apenas fue reseñada en la prensa, como ocurrió sin falta con mis primeros libros. Nadie nunca me oyó quejarme de ello: yo era un veinteañero catalán de provincias sin la más mínima relación con el mundo literario español, que además publicaba en una editorial minúscula, y aquel silencio me parecía normalísimo. Me lo sigue pareciendo. Lo cual no significa que reniegue de *El inquilino*, ni siquiera que me parezca inferior a nada de lo que he escrito luego, por muchos lectores que haya tenido; más bien al contrario: tal vez en parte porque a menudo echo de menos a quien lo escribió, y porque recuerdo muy bien la alegría de escribirlo en la habitación repleta de sol de mi apartamento de la calle West Oregon, no me importaría en absoluto que, si alguien tiene que juzgarme como escritor, me juzgue por este libro.

EL INQUILINO

—¿No has amado nunca?

—Sí, a ti.

—Y ¿cómo me quieres?

—Con esto.

—Eso es el hígado.

—Bueno, me he equivocado. Te quiero con el corazón.

SILVERIO LANZA

1

Mario Rota salió a correr a las ocho de la mañana del domingo. En seguida advirtió que un halo de bruma difuminaba la calle: las casas de enfrente, los coches aparcados junto a la calzada y los globos de luz de las farolas parecían dotados de una existencia inestable y borrosa. Hizo algunas flexiones de brazos y piernas sobre el breve rectángulo de césped que se extendía ante la casa; pensó: «Ya está aquí el otoño». Instintivamente, mientras dando saltos levantaba las rodillas a la altura del pecho, recapacitó; se dijo que apenas había empezado septiembre, y le cruzaron la mente vagas amenazas de catástrofes ecológicas, uno de cuyos primeros síntomas sería, de acuerdo con un conocido semanario italiano que había estado leyendo en el avión, durante el viaje de regreso de las vacaciones, el trastorno gradual de las condiciones climatológicas propias de cada estación del año. Tras esta preocupada reflexión sonrió de un modo casi incongruente; regresó a casa y volvió a salir al cabo de un instante, esta vez con las gafas puestas. Disuelta la bruma, Mario echó a correr por el sendero de lajas grisáceas que discurría entre la calzada y los jardines meticulosos, cercados de canteros y bardas de madera, que se alineaban ante las casas.

Aunque las difíciles relaciones que mantenía con la realidad le impedían beneficiarse de ello, Mario era un fanático del orden; de ahí que al salir a correr cada mañana siguiera un itinerario idéntico. El año anterior corría West Oregon arriba, cruzando Coler, McCollough y Birch, doblaba a la izquierda por Race y seguía hasta Lincoln Square, una plaza de principios de siglo dominada por la mole de piedra reciente y curiosos capiteles de la First United Methodist Church; allí tomaba Springfield, ya de vuelta, por entre garajes de reparaciones, bancos, supermercados y pizzerías, y al llegar a Busey volvía a torcer a la izquierda hasta desembocar de nuevo en West Oregon. Este año, sin embargo, había decidido modificar el recorrido. Desde que dos días atrás, de regreso de las vacaciones, había reanudado las carreras matinales, corría en sentido opuesto: ahora doblaba a la derecha por McCollough, en cuya esquina con West Oregon se alzaba la First Church of Christ Scientist, y se dirigía hacia el oeste de la ciudad, cruzando Nevada, Washington y Orchard; luego seguía Pennsylvania hasta el final, donde la cortaba Lafayette Avenue: más allá se extendía un prado de hierba de donde arrancaba una suave pendiente coronada por una calvicie. Mario se detenía un instante en la cima, inspiraba y espiraba con deliberación, procurando mantener la respiración a un ritmo regular, contemplaba brevemente el paisaje y emprendía la vuelta por el mismo camino: casas coloniales de madera blanca, olivácea, rojiza, de dos pisos, con puerta cancel de hierro y bardas cubiertas de enredaderas cercando el jardín; chalets de ladrillo con tejado a dos aguas; grandes mansiones convertidas en residencias de estudiantes; plátanos, nogales y castaños hirvientes de ardillas, cuyo profuso ramaje entorpecía a trechos los senderos de lajas grisáceas que corrían entre la calzada y los meticulosos jardines.

2

Eran las ocho de la mañana del domingo. Las calles estaban desiertas. Durante los cinco primeros minutos de carrera sólo vio a una joven acuclillada junto a un mazo de anémonas, en el jardín posterior de la First Church of Christ Scientist, al doblar a la derecha por McCollough; la joven se volvió: una sonrisa devota desnudó sus dientes; Mario se creyó obligado a devolverle el saludo: sonrió. Más tarde, ya en Pennsylvania, se cruzó con un hombre de pelo canoso, calzón corto y camiseta negra, que corría en dirección contraria a la que él llevaba; sujeto por un cordón a la cintura, un casete alimentaba dos audífonos que emitían un zumbido en el que la expresión del hombre parecía concentrada. Después se sucedieron una camioneta del correo; un anciano negro, patizambo, que apoyaba en un bastón de madera su paso decrépito; una joven de laboriosos rasgos orientales; una familia que desayunaba bulliciosamente en un porche, entre risas y advertencias paternales. Cuando, ya de regreso, volvió a enfilar West Oregon, la ciudad parecía haber recobrado el pulso diurno.

Fue entonces cuando se torció el tobillo.

Como se sentía ligero y había logrado mantener la respiración a buen ritmo, apresuró el paso en el final del trayecto; al tomar West Oregon intentó acortar terreno salvando de un salto un cantero de dalias. Cayó en mala posición: el empeine del pie izquierdo cargó con todo el peso del cuerpo. Al pronto sintió un dolor agudísimo; pensó que se había roto el pie. Con alguna dificultad, sentado en el césped, se quitó la zapatilla y el calcetín, comprobó que el tobillo no estaba hinchado. El dolor amainó en seguida, y Mario se dijo que con suerte el percance no revestiría mayor importancia. Se puso el calcetín y la zapatilla; se incorporó; caminó con cuidado: una punzada le desgarraba el tobillo.

Llegó a casa cojeando de un modo ostensible. En el porche, acompañada por un hombre, estaba la señora Workman.

—¿Qué ha ocurrido, señor Rota? —dijo la mujer con voz alarmada, señalando el tobillo de Mario—. Viene usted cojeando.

La señora Workman era una anciana de estatura insignificante, viuda, de pelo blanco y rizoso, de manos escuálidas, de ojos vivos, verdosos. Era también la casera de Mario.

—No tiene importancia —dijo Mario, agarrándose al pasamanos para subir las escaleras del porche. Ni la señora Workman ni el hombre acudieron a ayudarlo—. Me he torcido el tobillo de la forma más tonta.

—Espero que no sea nada —dijo la señora Workman.

—No lo será —dijo Mario, llegándose hasta donde ellos estaban.

La señora Workman cambió de tono.

—Me alegro de haberlo encontrado, señor Rota —dijo alargándole una mano: Mario sintió que estrechaba un manojo de huesos y piel resecos—. Le presento al señor

Berkowickz. Si no ocurre nada imprevisto será el nuevo inquilino del apartamento que está frente al suyo, el que ocupaba Nancy.

—¿Nancy se ha mudado de casa? —preguntó Mario.

—Le ofrecieron un trabajo en Springfield —dijo la señora Workman—. Un buen trabajo. Me alegro por ella, es una buena chica: yo la quería como a una hija. Supongo que usted también se alegrará de que Nancy se haya trasladado a Springfield —agregó ambiguamente.

—Claro —se apresuró a asegurar Mario.

—En cuanto al apartamento —prosiguió la señora Workman, mirando al nuevo inquilino con ojos que buscaban una confirmación a sus palabras—, a mí me parece que el señor Berkowickz ha quedado contento con él.

Berkowickz asintió con un gesto.

—Desde luego —afirmó—. Creo que es exactamente lo que necesito.

Hizo una pausa; luego miró a Mario.

—Además —añadió—, estoy seguro de haber encontrado el vecino perfecto.

Berkowickz citó el título del único artículo especializado que Mario había publicado en los tres últimos años, en *Italica*; sonriendo y dirigiéndose a la señora Workman, declaró que Mario y él eran colegas, que investigaban temas de índole semejante, y que sin duda iban a trabajar en el mismo departamento de la Universidad. La señora Workman no supo ocultar la satisfacción que le producía tan feliz coincidencia: una sonrisa sorprendida le iluminó el rostro. Sólo entonces Mario reparó de veras en Berkowickz. Era un hombre alto, de anchas espaldas, extraordinariamente fornido, de piel tostada por el sol y ojos francos; la incipiente calvicie en que se le alargaba la frente no desmentía el aire juvenil que emanaba de su rostro. Vestía con elegancia pero sin afectación. Por lo demás, su aspecto era menos el de un profesor universitario que el de un deportista de élite. Pero tal vez el rasgo más llamativo en él era la sólida seguridad en sí mismo que revelaba cada uno de sus gestos, como si los hubiese planeado de antemano, o como si los gobernase la necesidad.

—Yo suponía —prosiguió Berkowickz en el mismo tono cordial aunque distante— que el profesor Scanlan habría anunciado mi llegada.

Afirmó que el mes anterior había adoptado la decisión de aceptar la oferta de la Universidad y que sólo dos semanas atrás había acudido a firmar el contrato. Confiaba por otra parte en que el malentendido se aclarase en seguida, aunque, aseguró, apenas debían extrañarse de él, pues las vacaciones de verano se prestaban con facilidad a este tipo de enredos. Finalmente, celebró que todo aquello hubiera propiciado de algún modo aquel encuentro, tan grato como inesperado.

Berkowickz rubricó estas palabras con una sonrisa limpia. La señora Workman se sumó al optimismo del nuevo inquilino con una especie de cacareo que por un instante amenazó con desarmar la frágil armazón de huesos y piel que constituía su cuerpo.

Mario estaba incómodo: toda la sangre de las venas le latía en el tobillo; empapada de sudor, la camiseta se le pegaba al pecho, y le escocían las axilas; el roce de la hierba había despertado una comezón en sus piernas.

Mario forzó una sonrisa.

—Estoy seguro de que todo se aclarará —dijo—. Y desde luego me alegro de que vayamos a ser vecinos.

La señora Workman y Berkowickz permanecieron en silencio. Mario supuso que debía añadir algo.

–Bien. –Volvió a sonreír; abrió los brazos en ademán de disculpa–. Ahora voy a ducharme. Estoy a tu disposición para lo que quieras –agregó, dirigiéndose a Berkowickz.

–Gracias –dijo Berkowickz–. Si la señora Workman no tiene inconveniente esta misma tarde haré el traslado. Te avisaré si necesito algo.

–De acuerdo –dijo Mario–. De todos modos supongo que nos veremos mañana en el departamento. Y por la tarde habrá un cóctel en casa del jefe.

–Excelente –dijo Berkowickz sonriendo–. Nos veremos mañana. Y cuídate ese tobillo.

–Sí –convino la señora Workman–. Cuídese bien el tobillo, señor Rota. A veces las cosas más tontas nos complican la vida.

3

Mario se duchó al llegar a casa. Tras examinar cuidadosamente el tobillo lastimado, sacó del botiquín un espray y una crema antiinflamatorios, los aplicó a la zona inflamada. Luego preparó el desayuno (zumo de melocotón, huevos revueltos con beicon, tostadas, café con leche) y comió con apetito mientras oía las noticias de la radio.

Lavó los platos y fue al despacho. Sentado en el escritorio, extendió algunos cheques correspondientes a facturas atrasadas (del agua, del gas, de la electricidad), los encerró en sobres para enviarlos por correo; después examinó varios volantes de la Universidad y del departamento: arrojó un par a la papelera, ordenó los otros en carpetas; en una agenda anotó las llamadas que al día siguiente debía hacer desde la oficina; esbozó el plan de los cursos que probablemente iba a impartir ese semestre y pospuso hasta que el departamento se los confirmara el diseño detallado de cada uno de ellos. Las clases empezaban el miércoles: dedicaría el martes a prepararlas.

A las once y media se trasladó al salón. Puso un disco, abrió una lata de cerveza, se repantigó en el sillón que estaba frente al televisor y encendió un cigarrillo, tratando de ignorar el molesto hormigueo que sentía en el pie.

Entonces pensó en Berkowickz.

En un primer momento le había halagado que conociera su artículo, el único que había publicado desde que se doctorara; pero el carácter insustancial de ese estudio, que Mario era el primero en admitir, así como el hecho de haber sido publicado en un trimestral de nulo prestigio, le hicieron recapacitar después. Sólo acertó a formular dos hipótesis que explicaran la curiosa erudición de Berkowickz: o bien había estado trabajando últimamente en la dirección en que lo hacía el artículo de Mario, en cuyo caso se habría tal vez sentido en la obligación de examinar todo lo que se había publicado sobre el tema en los últimos tiempos, por insuficiente o defectuoso que fuese, o bien pertenecía a esa restringida casta de estudiosos que, sin más beneficio inmediato que el placer intelectual o la satisfacción de la curiosidad, recorren con morosa asiduidad las publicaciones regulares y se mantienen al día en lo que a las investigaciones que se llevan a cabo en su campo se refiere. Mario descartó de inmediato esta última conjetura: no sólo porque no cuadraba con la impresión que Berkowickz le había producido, sino porque en tal caso el nuevo inquilino sería sin duda un personaje notorio en la profesión, y lo cierto era que a Mario ni siquiera le sonaba su nombre. Esta conclusión lo reconfortó.

De lo que en cualquier caso no cabía la menor duda era de que Berkowickz no ignoraba la plebeya catadura intelectual del trabajo de Mario —a no ser que sólo conociera el título del artículo, o que lo hubiera hojeado distraídamente sin llegar a apreciar la indigencia de su contenido. Este hecho, sin embargo, no le preocupaba: si era cierto que ante el propio Berkowickz le colocaba en una situación algo incómoda, no lo era menos que los colegas del departamento (y entre ellos Scanlan, que era en definitiva el único que contaba) no leerían nunca el artículo, como no habían leído los que había publicado con anterioridad ni muy probablemente leerían los que publicara en el futuro; no había, por lo tanto, de qué preocuparse. Por lo demás, tampoco era verosímil, de acuerdo con los razonamientos anteriores, que Berkowickz resultara ser algo más que un primerizo en la profesión; de ahí que cupiera esperar que su trabajo fuera, o bien inmaduro e incipiente, o bien de una mediocridad tan palpable como la del trabajo de Mario. Si a cualquiera de estas dos posibilidades se agregaba el conocimiento que Mario poseía de las reglas explícitas e implícitas que regían la mecánica del departamento, el resultado era que se hallaba respecto a Berkowickz en una posición ventajosa.

Se levantó del sillón, cambió el disco y volvió a sentarse; bebió un largo trago de cerveza, encendió otro cigarrillo. Entonces trató de prever las consecuencias inmediatas que podría producir la llegada de Berkowickz. De acuerdo con su contrato, Mario dictaba dos clases de fonología por semestre; en la práctica, sin embargo, siempre habían acabado por convertirse en tres, con lo cual el sueldo que percibía al año se redondeaba en una cifra satisfactoria. Si se daba el caso, como había ocurrido en el segundo semestre del año anterior, de que el departamento no lograba atraer a un número suficiente de alumnos que permitiera completar las tres clases, se había llegado a un acuerdo tácito por el que Mario pasaba a enseñar un curso de otra especialidad, ya fuera semántica, sintaxis o morfología. Así pues, los tres cursos estaban prácticamente garantizados. Enmarcada en este esquema, la presencia de Berkowickz no podía alterar las cosas de un modo esencial: con toda probabilidad, el nuevo profesor, recién llegado al departamento y por tanto con menos derechos, con menos experiencia y, seguramente, con un currículum más exiguo que el de Mario, dictaría uno de los cursos de fonología que le correspondían regularmente a él, completando su trabajo con alguno de los restantes de otras especialidades; en cuanto a Mario, sumaría sin duda a sus dos cursos –dejando de lado la posibilidad, que se había llegado a contemplar en el primer semestre del año anterior, de abrir una cuarta clase de fonología– un tercero de semántica, sintaxis o morfología, o bien –lo cual incluso podía resultar preferible– alguna labor de carácter administrativo, con lo que sus ingresos no sólo no se resentirían de la llegada de Berkowickz, sino que tal vez podrían beneficiarse de ella.

Tras esta serie de menudas reflexiones, la vaga inquietud que en Mario había sembrado el aire agresivamente optimista y saludable que el nuevo inquilino acababa de blandir ante él en el porche se disolvió en una especie de piedad no exenta de simpatía. Y aunque no se ocultaba que Berkowickz podía llegar a representar una amenaza para la preservación de su intimidad, pues Mario consideraba indispensable, de cara a una adecuada economía vital, la separación entre trabajo y vida privada, nada le autorizaba sin embargo a admitir que aquélla constituyera un motivo suficiente para incomodarlo o, en última instancia, para obligarle a barajar la posibilidad de trasladarse a otro apartamento, tanto más cuanto que el que ahora ocupaba le satisfacía desde todos los puntos de vista: no sólo por hallarse en una agradable zona residencial relativamente próxima al campus, sino también por el porche, el jardín posterior y la cochera, y porque, no sin trabajo, había acabado por amueblarlo a su entero gusto durante el año en que lo había estado habitando.

El apartamento constaba de despacho, sala de estar, dormitorio, cocina y baño. Además de la máquina de escribir y el ordenador, había en el despacho una mesa de roble oscuro, con cajones a ambos lados, que hacía las veces de escritorio, un fichero metálico, varias estanterías; también una butaca de mimbre, un sillón y algunas sillas. El mobiliario del dormitorio era escueto: dos armarios empotrados en la pared del fondo, con espejos verticales en las puertas, una cómoda de madera blanca arrimada a la pared de la derecha y, frente a ella, la cama cubierta por un edredón granate. Un entrante dividía en dos la sala de estar: en la zona izquierda había una mesa de madera blanca rodeada de sillas metálicas; de la pared colgaban dos cuadros vagamente cubistas y el anuncio de una exposición de la obra de Toulouse-Lautrec en una galería de Turín. En la zona derecha de la sala de estar había una televisión, un tocadiscos, un sofá de color crema, dos sillones de color semejante aunque de distinto diseño, una mesita transparente, baja, de dos pisos (a través del piso superior se veían periódicos, libros y revistas apilados en el inferior); colgada de una alcayata en la pared, había una reproducción de un cuadro de Hockney, de tamaño regular, y, entre ambas zonas del comedor, una vitrina atestada de objetos de valor diverso: un elefante de marfil, una pipa argelina, un reloj de arena, tres vetustas pistolas, una fragata prisionera en una botella de Chianti, varias figuras de barro cocido y otras baratijas que Mario había ido recogiendo a lo largo de los años sin afán coleccionista ni sentimental. Salvo las del cuarto de baño y la cocina, las paredes de la casa estaban revestidas de madera de trepa; el zócalo y los marcos de puertas y ventanas estaban pintados de blanco.

El apartamento no podía satisfacerle más; por ello Mario consideró una insensatez plantearse siquiera la posibilidad de abandonarlo, sin más motivo que el hecho de que un compañero de trabajo se hubiera de pronto convertido en vecino. «Además», pensó con optimismo, «se hace difícil imaginar que yo salga perdiendo con el cambio.» No cabía duda de que Nancy había resultado ser una vecina cuando menos molesta. Era una mujer desordenadamente gruesa, de aspecto descuidado, de pelo pajizo y seco, francamente fea pero dotada al mismo tiempo de una sexualidad tan evidente como agresiva. Las ideas feministas y los prejuicios respecto a los hombres latinos que Nancy sacaba a colación en cualquier diálogo, por casual o breve que fuese (en la escalera, al ir a sacar la basura, mientras lavaba el coche), no habían facilitado desde luego la pacífica convivencia en la casa. Por lo demás, el curioso afecto que la señora Workman le profesaba se traducía en una ciega confianza en ella que tampoco había dejado de incomodar a Mario, pues le había puesto en apuros no sólo cada vez que la vecina le acusaba de emborracharse a solas, sino también cuando le denunció a la señora Workman por espiarla en cuanto un hombre entraba en su casa, en especial de noche; en otra ocasión, la señora Workman y los restantes inquilinos del inmueble —un matrimonio de origen belga y una joven que trabajaba en la oficina de admisiones de la Universidad– tuvieron que interceder para que Nancy no presentara una denuncia formal ante la policía por supuesta agresión sexual: aseguraba haber sorprendido a Mario masturbándose tras las cortinas de la sala de estar mientras ella tomaba el sol en una tumbona, en el jardín posterior.

4

—¿Ginger? Soy Mario.

—¿Cómo estás? —preguntó Ginger. No aguardó la respuesta; volvió a preguntar—: ¿Cuándo has llegado?

—Hace un par de días —contestó Mario—. No te he llamado porque estuve arreglando cosas. Ya sabes.

—Sí.

Mario pensó: «El teléfono destiñe a la gente». La voz de Ginger sonaba neutra, descolorida. Mario dijo:

—Si quieres podemos comer juntos.

—No sé.

—En Timpone's —insistió Mario—. Celebraremos el reencuentro.

—No sé —repitió Ginger.

Mario volvió a insistir.

Hubo un silencio. El murmullo de una conversación ajena se cruzó en la línea. Mario oyó:

—De acuerdo.

—Entonces dentro de una hora en Timpone's.

Colgó. Miró el reloj: eran las doce.

A la una menos cinco llegó al restaurante. Ginger estaba sentada en una de las mesas del fondo, frente a los ventanales que iluminaban el salón. Llevaba un vestido de una sola pieza, de color azul claro; un moño imperfecto le recogía el pelo en la nuca. Mientras apartaba una silla para sentarse, Mario pensó: «Está preciosa».

—¿Qué ha pasado? —preguntó Ginger—. Estás cojeando.

—Ya ves —dijo Mario, sonriendo como si se disculpara—. Esta mañana me he torcido el tobillo. Corriendo.

—Espero que no sea nada.

—No será nada.

Ginger pidió un bistec frío con arroz; Mario, ensalada y pollo al curry. Bebieron borgoña.

—No pareces muy contenta de que haya vuelto.

—No sé si lo estoy —reconoció Ginger; luego preguntó—: ¿Qué tal lo pasaste?

—Me aburrí —dijo Mario con la vista sepultada en el pollo—. A la segunda semana ya no sabía qué hacer.

Comían en silencio. El camarero acudió dos veces a cerciorarse de que no necesitaban nada y de que la comida era de su agrado; ambos asintieron sin entusiasmo. Aunque conocía de antemano la respuesta, Mario inquirió:

—¿Cómo han ido las cosas por aquí?

—Como siempre —dijo Ginger—. Todo muy tranquilo; en realidad demasiado tranquilo: apenas quedaba alguien con quien charlar.

—Habrás trabajado mucho —aventuró Mario.

Ginger había permanecido en la Universidad durante todo el verano para seguir trabajando en la tesis. A la pregunta de Mario respondió con un encogimiento de hombros y un gesto de fatiga; dijo:

—Supongo que bastante, y en muchas direcciones, pero aún no estoy segura de cuál es la correcta.

Mario se dijo que, como un rato antes su voz en el teléfono, la expresión de Ginger era ahora opaca, inexpresiva. Conversaron acerca de los puntos que Mario le había sugerido examinar durante su ausencia; Ginger se limitó a contestar con monosílabos a las preguntas de Mario. En un momento las facciones de la chica parecieron animarse.

—No importa —dijo como si dejara algo atrás—. Mañana hablaré con Berkowickz.

—¿Con quién?

—Con Berkowickz —repitió Ginger, mirando a los ojos a Mario—. Lograron por fin contratarlo; por lo visto ponía muchas condiciones, ya se sabe cómo es este tipo de gente. De todos modos Scanlan lo consiguió; tenía mucho empeño y lo consiguió. Branstyne me ha dicho que está muy contento.

El camarero les retiró los platos, preguntó si querían postre. Ginger pidió pastel de manzana; Mario declinó el ofrecimiento, encendió un cigarrillo.

—Pero creí que ya sabías lo de Berkowickz —dijo Ginger.

—No lo sabía —dijo Mario, soltando por la boca una argolla de humo.

—Estoy segura de que ya se habló de eso antes de que te fueras de vacaciones.

—No lo sabía —repitió Mario.

—Da lo mismo —resolvió Ginger—. El caso es que todos vamos a salir ganando. Sobre todo yo.

Ginger afirmó que el último artículo de Berkowickz, «The syntax of the word-initial consonant gemination in Italian», publicado en *Language* en abril de ese mismo año, dejaba abierta la investigación justo en el punto en que ella la había iniciado; dijo estar segura de que Berkowickz habría continuado trabajando en esa misma dirección y, aun en el caso de que no fuera así, se mostraría sin duda interesado en el estudio que ella estaba intentando llevar a cabo y con toda seguridad se apresuraría a ofrecerle su apoyo. Volvió a declarar que al día siguiente hablaría con Berkowickz; si las cosas marchaban tal como ella esperaba (le habían asegurado que Berkowickz era un hombre afable, trabajador y entusiasta), tal vez le propondría que dirigiera su tesis, pues estaba segura de que a Mario no le iba a molestar cederle el puesto.

—Además —concluyó entrecerrando los ojos y fingiendo una expresión que se quería traviesa o soñadora—, imagínate: siempre viste mucho tener como director de tesis a un tipo así.

Mario estaba desconcertado. No entendía por qué aún no le había dicho a Ginger que Berkowickz acababa de alquilar un apartamento en la misma casa en que él vivía; tampoco se explicaba que Ginger pudiera humillarlo de ese modo, dando por descontado que a él, al parecer un incompetente, no le importaba ceder el puesto de director de tesis, por insignificante o meramente nominal que fuese, en beneficio de Berkowickz, cuya valía intelectual estaba, también al parecer, probada. Y más le asombraba todavía —aunque aquí quizá el asombro era sólo una forma instintiva de defensa— no haber reconocido el título del artículo que Ginger había citado; por lo demás, le resultaba imposible asociar el nombre de Berkowickz a nada que se relacionase siquiera vagamente con la investigación fonológica. Pero lo que de verdad tenía atónito a Mario era el aplomo con que había encajado la situación: ni un gesto de contrariedad, ni un gesto de impaciencia, ni un gesto de nerviosismo; era como cuando dentro de un sueño cobraba conciencia de hallarse en un sueño: todo carecía entonces de importancia salvo la certeza de que nada podía afectarle y de que en algún momento se despertaría y el sueño se habría desvanecido como humo en el aire, sin dejar huella alguna.

Al cabo de un instante Mario comprendió que Ginger había estado hablando sin que él le prestara la menor atención, absorto en la tarea de confeccionar argollas de humo. Con algún cansancio, supuso que había hablado de Berkowickz, de la tesis, de ella misma, tal vez de él. Trató de desviar la conversación preguntando por amigos comunes, por los padres de Ginger, a quienes ella había visitado durante algunos días, por las novedades del departamento. Luego la conversación volvió a decaer. Pagaron y salieron.

En la acera, a la puerta del restaurante, Mario notó que le dolía el tobillo.

—Ahora tengo cosas que hacer —dijo—. Pero ¿qué te parece si tomamos una copa en casa esta noche?

—Lo siento —se disculpó Ginger, quizá sin sentirlo—. Le prometí a Brenda que iríamos al cine.

Brenda era la compañera de piso de Ginger; para suavizar la aspereza de la negativa, Mario preguntó por ella. Ginger explicó que acababa de regresar de California, donde había pasado dos semanas.

—Podríais dejar el cine para otro día —sugirió Mario con escasa convicción; luego mintió—: Tengo que hablarte de un asunto.

—Otro día —dijo Ginger—. Hoy no puede ser.

—Está bien —se rindió Mario—. Nos veremos mañana.

—Sí —convino vagamente Ginger; y mientras Mario se

alejaba hacia el coche agregó elevando un poco la voz–: Cuídate el tobillo, Mario. A veces las cosas más tontas nos complican la vida.

Mario pensó: «Todo se repite».

5

En vez de ir a casa se dirigió al hospital. Aparcó el coche en una explanada de asfalto rodeada de césped, y ya se disponía a entrar en el edificio por la puerta principal cuando advirtió que alguien lo saludaba. Cambió de dirección; se acercó a la ventanilla del coche desde la que una joven de ojos saltones acababa de agitar la mano.

–Perdone –dijo la joven cuando Mario estuvo a unos metros de ella–. Lo he confundido con otra persona.

Mario pensó: «Qué raro».

Entró en el hospital. Al final de un pasillo de paredes blanquísimas halló un hall con varias hileras de sillas, algunas alfombras y un mostrador tras el que se atrincheraba una enfermera de cara colorada y manos carnosas. Acodándose en el mostrador para aliviar al tobillo de algún peso, esperó que la enfermera acabase de atender una llamada; cuando colgó el teléfono, Mario le explicó el problema. La enfermera hizo que rellenara un formulario y le invitó a esperar en una de las hileras de sillas que enfrentaban el mostrador. Mario se sentó en una silla, estuvo hojeando números atrasados de *Newsweek*, de *Discovery*, de *Travel and Leisure*. En un par de ocasiones notó distraídamente que la enfermera se asomaba por encima del mostrador para mirarlo; él sonrió, pero la enfermera volvió a hundirse en su gruta. La oía conversar por teléfono, en voz baja, y una vez creyó oír el nombre de Berkowickz. «Es increíble», pensó como si sonriera. «Voy a acabar obsesionándome.» Al cabo de un rato se levantó del asiento y ganó el mostrador. Preguntó a la enfermera si iban a tardar mucho en atenderlo; con cierta acritud, tal vez airada, la enfermera respondió: «No»; se levantó y se perdió por la puerta trasera que se abría en la gruta. Mientras volvía cojeando al asiento, Mario pensó que desde que entrara en el hospital no había visto a nadie salvo a la enfermera de la cara colorada; ni médicos, ni pacientes, ni otras enfermeras. Entonces, como si alguien le hubiera leído el pensamiento y quisiera tranquilizarlo, oyó su nombre; al otro lado del hall una enfermera lo instaba a seguirla.

Entraron en una habitación que olía a limpio, a yodo y vendas. La enfermera le indicó que se quitara el zapato y el calcetín del pie izquierdo y se tumbara en la cama que ocupaba el centro del cuarto; luego examinó el tobillo lastimado, que ahora presentaba una gran hinchazón. Porque creyó que la enfermera le estaba acariciando, Mario se incorporó apoyándose en un codo: advirtió que era joven y bonita. La enfermera apoyó una mano en su pecho y le acercó el rostro con una sonrisa cuyo alcance no supo medir Mario.

—El doctor estará aquí en seguida —anunció, y el foco de luz oblicua que los iluminaba reveló una poblada sombra de vello ensuciándole la parte superior de los labios.

Al cabo de pocos minutos entró el médico. Era un hombre oriental, pálido y menudo, que se movía con una extraña mezcla de nerviosismo y precisión. Saludó amablemente a Mario e intentó bromear acerca de los beneficios que proporciona el deporte; Mario se dijo que al menos había leído el formulario que él había rellenado en el hall.

–Hum –murmuró el médico, examinando el tobillo a una distancia cortísima, esforzándose al parecer por desentrañar el significado del bulto de carne que lo envolvía.

Sonriente, la enfermera los observaba retirada a una distancia discreta. El médico presionó el pie en varios puntos; aguzó la vista: los ojos se le adelgazaron hasta convertirse en ranuras.

–¿Duele? –preguntó, apretando con un dedo la parte inferior del tobillo.

–Bastante –reconoció Mario; algo impaciente, estuvo a punto de añadir: «Si no me doliera no habría venido aquí».

–Hum –volvió a murmurar el médico.

–¿Es grave? –preguntó Mario.

–No creo –contestó el otro, irguiéndose y mirándole a los ojos: las dos ranuras se convirtieron en dos óvalos verdes–. No hay nada roto. Sólo es un esguince.

Mario quiso preguntar algo, pero el médico se volvió hacia la enfermera, cuya quieta sonrisa no se había alterado, y le dio unas instrucciones que él no alcanzó a captar; luego salió de la habitación.

La enfermera empezó a vendarle el pie; cuando acabó de fijar el vendaje con un trozo de esparadrapo, apareció de nuevo el médico.

–Excelente –dijo.

–¿Cuánto tiempo voy a tener que llevar esto?

—No sé —dijo el médico, increíblemente—. Una semana. Tal vez más. Depende.

—Depende de qué.

—No sé —repitió el médico—. Vuelva dentro de una semana.

—Supongo que podré caminar.

—Desde luego —dijo el médico—. La enfermera le dará una muleta para que se ayude con ella. Pero haga vida normal; evitando esfuerzos inútiles, claro está: mientras menos fuerce el tobillo, mejor.

Mario pidió un taxi desde la gruta de la entrada. La enfermera lo acompañó hasta la puerta. Cuando el taxi se detuvo en la explanada de asfalto, la mujer sonrió; dijo:

—No le haga caso al doctor; vuelva cuando quiera.

Sin un motivo preciso, Mario pensó: «Menos mal».

6

Mario llegó a los Estados Unidos en agosto de mil novecientos ochenta y uno. Había obtenido una beca del gobierno italiano que debía permitirle completar un doctorado en lingüística por la Universidad de Texas, en Austin.

No fueron gratos los primeros meses en el nuevo país; no quiso o no pudo entablar ninguna amistad: con los americanos, jóvenes sureños en su mayoría, le resultaba difícil rebasar los límites de una mera relación utilitaria; en cuanto a los europeos que tuvo ocasión de tratar, le parecieron sin excepción gente anodina, desprovista del menor atractivo. Aunque disponía de tiempo y medios para hacerlo, apenas trabajó: se dedicaba a matar el tiempo en los cines de la ciudad, a leer periódicos, a ver la televisión, a esperar las vacaciones de Navidad. Cuando llegaron, Mario regresó a Turín.

Durante toda su vida había creído que ningún vínculo especial le ataba a su país; de vuelta en Italia comprendió que ningún vínculo especial le ataba a ningún otro lugar que no fuera su país. Se sintió feliz.

Al volver a Austin después de las vacaciones ya había decidido renunciar en verano a la beca y regresar definitivamente a Italia.

Fue entonces cuando conoció a Lisa.

Lisa era por aquella época una mujer de veintisiete años, de pelo negro, lacio y brillante, de ojos dulces y rasgos afilados, como esculpidos con cincel sobre el rostro; caminaba con pasos cortos, muy rápidos, y todos sus ademanes delataban una voluntad férrea. Pero el hecho que de veras atraía la atención sobre ella, en medio del descuido indumentario que reinaba en el campus, era el extremo cuidado, casi el lujo, con que vestía; se pintaba los labios una y otra vez, meticulosamente, y sus cejas eran siempre una línea perfecta.

Aunque nadie los había presentado, Mario y Lisa se saludaban sonriendo al cruzarse en los pasillos, en las escaleras, a la entrada del edificio de humanidades; de ahí que trabaran en seguida conversación en una fiesta a la que Enzo Bonali, un profesor de historia a quien Mario había conocido casualmente y que dirigía la tesis doctoral de Lisa, los había invitado a ambos. Refugiado entre cócteles y canapés desde que entrara en la casa, pues no conocía a ningún convidado, Mario se alegró al ver entrar a Lisa en la fiesta; de inmediato se acercó a ella.

Conversaron durante toda la noche. Lisa le contó que había nacido en Nueva York, aunque la mayor parte de su vida había transcurrido en San Diego; ahora estaba trabajando con Bonali en la tesis, que versaba sobre un aspecto del proceso de unificación italiano. Mario declaró que tenía intención de regresar a Italia en verano, aseguró riendo que no le gustaban los Estados Unidos; Lisa admitió que a ella tampoco le gustaban, pero insinuó que consideraba un error desaprovechar las oportunidades que el país ofrecía. Al acabar la fiesta Lisa se ofreció a llevarlo a casa.

Dos días después salieron a cenar juntos.

Mario no regresó a Italia en verano. Animado por Lisa, había empezado a trabajar en la tesis, y pensó que unas vacaciones en Italia romperían innecesariamente su ritmo de trabajo. Todo lo que se permitió fue una semana de descanso en Nueva Orleans, acompañado por Lisa.

Año y medio después presentó la tesis; Lisa lo había hecho unos meses antes. Ambos solicitaron plaza de profesor en diversas universidades norteamericanas. Mario obtuvo varias respuestas, pero ninguna confirmación; Lisa, en cambio, recibió tres ofertas. Después de consultarlo con Mario aceptó la propuesta de Brown University: no era la mejor, pero la Universidad se comprometía a emplear al consorte del profesor contratado.

Se casaron en julio; durante el mes de agosto viajaron por Italia. Regresaron a los Estados Unidos justo a tiempo para empezar el nuevo curso.

Antes de un año Mario había comprendido que su matrimonio era un fracaso. Una noche, tras dos semanas de reyertas e incómodos silencios, Mario y Lisa salieron a cenar; luego fueron al cine. De vuelta a casa se sentaron en el jardín y fumaron en silencio. Era una limpia noche de primavera, pero el olor del verano ya había infectado la brisa; el cielo estaba sembrado de estrellas. En algún momento, Lisa dijo:

—Mario, esto se ha acabado.

Se divorciaron en verano.

7

Al día siguiente, Mario despertó a las ocho; se duchó con el pie izquierdo envuelto en una bolsa de plástico; desayunó. Después pidió por teléfono un taxi.

A las nueve y media llegó al Foreign Languages Building: llevaba una cartera de cuero en la mano izquierda; en la derecha, una muleta. Cuando cruzaba el hall del edificio notó que su pie vendado y su andar precario atraían la atención más de lo que había previsto; se sintió incómodo.

Subió solo en el ascensor. Al llegar al cuarto piso, en vez de dirigirse a la oficina central del departamento caminó en dirección al despacho. Le alegró no cruzarse con nadie en el pasillo: aunque sabía que iba a tener que dar explicaciones del tobillo, el mero hecho de pensar en ello le enfermaba. Tras escarbar un instante en la cerradura abrió la puerta de la oficina; la volvió a cerrar instintivamente, antes de haberla abierto del todo, porque advirtió que la luz estaba encendida y alguien andaba dentro. Se excusó mientras cerraba:

—Lo siento.

«Qué raro», se dijo. «Nunca me había equivocado de oficina.» De inmediato razonó con lógica: la llave de su oficina sólo podía abrir la puerta de su oficina. Miró el número de la llave y el de la puerta; eran el mismo: 4043. Ya se disponía a introducir otra vez la llave en la cerradura cuando la puerta se abrió desde dentro: la silueta de Berkowickz se recortó en el vano.

—Qué casualidad —exclamó Berkowickz sonriendo—. Parece que estamos condenados a vernos del modo más inesperado. —Luego, señalando la venda que blanqueaba el pie de Mario y la muleta encajada bajo la axila derecha, preguntó—: Pero, hombre, ¿qué ha pasado con el tobillo?

—Debe haber un error —balbuceó torpemente Mario, advirtiendo en seguida la incoherencia de su observación.

—Estoy seguro de que no será nada —prosiguió Berkowickz, como si no hubiera oído lo que Mario acababa de decir—. Aunque con estas cosas nunca se sabe.

Mario pensó: «Ahora va a decir que a veces las cosas más tontas nos complican la vida». Repitió:

—Debe haber un error.

—Ah, sí —dijo Berkowickz, tal vez entendiendo: se volvió y dejó libre la entrada a la oficina—. Desde luego que debe haber un error. Esta oficina está hecha una verdadera porquería; entiendo que antes de que yo llegara la ocupaba uno de esos españoles que se duchan una vez por semana y dejan un rastro de suciedad por donde pasan. Aquí hay de todo —aseguró, abarcando la oficina con un gesto de los brazos—: latas de cerveza, envases de yogur, ceniceros llenos de colillas y hasta una neverita con un pedazo de queso mohoso; y papeles revueltos por todas partes. Tendré que buscar a alguien que me ayude a limpiar todo esto; yo solo no voy a poder.

—Voy a hablar con la secretaria —dijo Mario.

—Muchas gracias, Mario —dijo Berkowickz—. Pero me parece que no vale la pena que te molestes; no creo que la secretaria se preste a ayudarme: la he visto demasiado ocupada.

Cuando llegó a la oficina central del departamento Branstyne y Swinczyc estaban conversando en voz baja; dejaron de hablar no bien advirtieron la presencia de Mario: se volvieron hacia él, lo saludaron. Mario pensó que habían estado hablando de él.

Branstyne era más joven que Mario, de baja estatura y complexión frágil, de pelo escaso, de rasgos borrosos; tenía unos ojos vivísimos, azules, que revelaban una inteligencia despierta: era sin duda alguna, pese a su juventud, el miembro más brillante del departamento. A todo ello Branstyne sumaba una cordialidad sin resquicios y una esposa italiana, Tina, joven y bella, que preparaba divinamente los fettuccini al pesto. Tina había conseguido que la simpatía que sentían el uno por el otro admitiera algún tipo de intimidad. En cuanto a Swinczyc, Mario apenas se había relacionado con él más allá de lo que la rutina del trabajo imponía, pero las miradas oblicuas, a un tiempo serviles y altaneras, las nerviosas risitas y el modo espeso de bromear en que se complacía con frecuencia despertaban escaso entusiasmo en él. Sabía sin embargo que a Branstyne le unía con Swinczyc un vínculo cuyo alcance real ignoraba, y esto le invitaba a tratar al último con cierta deferencia que a menudo podía pasar por afecto.

Branstyne y Swinczyc se interesaron por el tobillo de Mario; él trató de restar importancia al percance, bromeó acerca de los beneficios que proporciona el deporte.

Mientras hablaba, extrañamente, sintió esto: una excesiva conciencia de la sonrisa de los dos profesores, como si alguien les estuviera enfocando el rostro con un reflector. Pensó: «Esto ya lo he vivido antes».

Branstyne dijo:

—Nos vemos esta tarde en casa del jefe.

—Claro —dijo Mario—. Nos vemos allí.

8

—¿Se puede saber qué hace el profesor Berkowickz en mi despacho? —preguntó Mario con brusquedad.

Había irrumpido sin llamar en el despacho de la secretaria, que nunca cerraba la puerta.

—No sabe cuánto me alegro de verle, profesor Rota —exclamó Joyce, sonriendo y levantándose de la silla en que había desparramado sus carnes, tras el escritorio; a continuación preguntó, compungida—: Pero ¿qué le ha pasado en el tobillo?

—No es nada —respondió Mario.

—¿Cómo que nada? ¿Se ha roto algo? ¿Es un esguince? ¡Ay, Dios mío! ¡Hay que tener tanto cuidado! Este verano, sin ir más lejos —prosiguió Joyce: los ojos se le habían iluminado—, una amiga de mi Winnie… por cierto, supongo que sabe que a Winnie la han admitido en la Universidad de Iowa. Estoy tan satisfecha de ella: figúrese, ya en la universidad, y en realidad es sólo una niña… En fin, como le decía, este verano una amiga de Winnie…

Joyce era la secretaria del jefe del departamento: una mujer madura, de pelo tan rubio que parecía oxigenado, de ojos sin cejas; medía no menos de un metro noventa de estatura y su peso sobrepasaba sin problemas los ciento veinte kilos: todo ello le confería un notorio aire cetáceo; la ropa infantil que solía lucir (vestidos con volantes tachonados de flores, lazos de seda en el pelo y la cintura, faldas acampanadas, escocesas, plisadas) y las inocentes coletas en que se recogía el pelo, así como el hábito de recorrer los pasillos del departamento bamboleándose como un vagón de metro y canturreando encantadoras tonadillas infantiles, contrastaban ásperamente con su edad y con las desbordantes dimensiones de su cuerpo. Era viuda, y tenía una única pasión: su hija Winnie, de cuyos avatares vitales informaba puntual y personalmente a cada uno de los miembros del departamento. A finales del año anterior, no obstante, hizo una excepción: el día en que Winnie le comunicó que había sido admitida en la Universidad de Iowa, Joyce se instaló ante la puerta del ascensor, en el cuarto piso, anunciando la noticia a voz en grito, en un tono vagamente radiofónico. Más tarde, cuando la policía de la Universidad, alertada por alguien que había dado aviso de que una predicadora fundamentalista estaba alborotando el edificio, acudió a detenerla, Scanlan hubo de intervenir para aclarar el malentendido.

—Perdone que la interrumpa, Joyce. —Mario cortó expeditivamente el discurso de la secretaria; luego, con la impresión de que iba a formular una pregunta que quedaría sin respuesta, agregó—: Tengo alguna prisa. ¿Podría hacer el favor de explicarme qué hace el profesor Berkowickz en mi despacho?

Joyce pareció desilusionarse: se le apagaron los ojos. Respondió casi irritada.

—Ah, eso —dijo volviéndose para tomar asiento tras el escritorio—. El profesor Scanlan quiere hablar con usted.

A lo mejor él se lo aclara. Yo sólo obedezco órdenes —concluyó mientras sonreía de un modo que Mario juzgó estúpido o inquietante.

Llamó a la puerta del despacho de Scanlan.

—Adelante —oyó.

Abrió la puerta; Scanlan se levantó y fue a estrecharle la mano. Se interesó por el estado del tobillo, por cómo había ocurrido el accidente. Luego le invitó a sentarse en una de las sillas de gamuza que enfrentaban la mesa del despacho; dijo:

—Déjame acabar de firmar estos papeles y en seguida te atiendo.

Scanlan dirigía el departamento desde hacía varios años, con mano de hierro, combinando una notable capacidad administrativa con un prestigio académico hábilmente labrado, menos con instrumentos intelectuales que políticos, en el curso de los años. Era un hombre de edad avanzada, alto, exageradamente delgado, de ademanes complejos y educados, casi empalagosos; el pelo, blanco y aplastado en la base del cráneo y en las sienes, se le prolongaba agrisándose en una puntiaguda barba de chivo; como peces navegando en una pecera, sus ojos inquietaban los cristales de las gafas. Vestía con pulcritud no exenta de un punto de calculada extravagancia.

—Joyce me ha dicho que desea usted hablar conmigo —declaró Mario cuando Scanlan apartó los papeles que había estado firmando.

—Bueno, no corre prisa —dijo Scanlan sonriendo con todos los dientes—. En realidad el asunto no tiene tanta importancia. Podemos hablar de ello otro día con más calma.

—Sea lo que sea —dijo Mario—, preferiría hacerlo ahora.

Scanlan bajó la vista, se removió en el asiento, cambió de postura, ordenó pensativamente los papeles que acababa de firmar, se acarició la barba; cuando volvió a levantar la vista, los peces se agitaban inquietos tras los cristales de las gafas.

—Tienes razón, es mejor ahora —reconoció; se le había alterado el tono de voz—. No puede dejarse para otro rato. Permíteme que vaya al grano.

—Se lo ruego —dijo Mario.

9

—Como creo que sabes —empezó Scanlan con voz neutra—, el departamento se encuentra en un mal momento económico. En realidad no sólo el departamento: toda la Universidad está con el agua al cuello. La asignación del Estado a la enseñanza se ha reducido en un cinco por ciento respecto al año anterior y nosotros, en este último mes, nos hemos visto obligados a soportar una serie de gastos y a prever otros que han puesto la situación en el disparadero. Te ahorro los detalles: las circunstancias no difieren fundamentalmente de las que describí en la última reunión que celebramos en junio; si han cambiado en algo es para peor. Ignoro si las elecciones van a mejorar el panorama; lo que sí sé es que en estos momentos es desalentador. A mí, desde luego, no me queda sino lidiar con él y, créeme, no es tarea fácil: lo principal es velar por el interés general del departamento, aun cuando algún particular resulte perjudicado. Bien. —Hizo una pausa, se pasó la mano derecha por el pelo, se acarició la barba, prosiguió en el mismo tono de voz—: Por otra parte, como sin duda debes de saber también, hemos conseguido atraer a un profesor del prestigio de Daniel Berkowickz. Debo admitir que no ha sido fácil.

En confianza: hasta el último momento no creí que pudiéramos lograrlo, pues las condiciones que ponía eran poco menos que prohibitivas. No te oculto tampoco que no he ahorrado esfuerzos para conseguir lo que me había propuesto; como comprenderás, apenas es posible exagerar la trascendencia que para este departamento puede tener la presencia de un hombre que no sólo posee un envidiable currículum, sino que se encuentra en la vanguardia de la investigación lingüística. Pero es que además de contribuir a mejorar el cachet del departamento estoy convencido de que Berkowickz va a representar un estímulo impagable para todos, incluso para aquellos que publican un artículo cada cinco años en revistas de tercera fila.

Porque había previsto la alusión, Mario supo acogerla sin inmutarse; sólo se subió con un dedo la montura de las gafas, que le habían resbalado sobre la nariz, y, como notó que el brazo derecho le hormigueaba débilmente, lo descabalgó de la abrazadera de la muleta. Cuando volvió a oír la voz de Scanlan se preguntó si habría dejado de hablar mientras él cambiaba de postura.

—Finalmente lo tenemos aquí.

—¿Qué cosa?

—No entiendo.

—¿Que qué cosa tenemos aquí? —insistió Mario.

—Al profesor Berkowickz, por supuesto —aclaró Scanlan con benevolencia, sin registrar aparentemente el momentáneo despiste de Mario; prosiguió—: Para ello hemos tenido que hacerle una oferta que no vacilo en calificar de atractiva. Vuelvo a ahorrarte detalles superfluos y resumo; entre otras cosas le hemos asegurado un mínimo de tres clases semestrales. Comprenderás que esto te afecta de forma directa; tu situación va a cambiar, pero estoy convencido de que sabrás aceptar el sacrificio por el bien del departamento.

—No sabré —se oyó decir Mario—. Abrevie.

Scanlan pareció molesto. Explicó:

—En estos momentos sólo estamos en condiciones de ofrecerte una clase por semestre. Esto significa que tu sueldo quedará reducido a una tercera parte de lo que cobrabas. Claro que también tienes que tener presente que han aumentado los impuestos: eso lo vamos a notar todos. Por otra parte, no hay que descartar la posibilidad de que, si el número de alumnos nos lo permite, podamos en algún momento (no, desde luego, durante este semestre) abrir un nuevo curso; naturalmente, esa clase sería para ti. Además siempre puedes solicitar alguna de las becas de investigación que ofrece la Universidad, o incluso uno de los puestos administrativos que suele sacar a concurso la oficina del rector, aunque me temo que por ahora estén todos copados. Ni que decir tiene que puedes contar con el apoyo del departamento y, si ello fuera preciso, con el mío propio.

Mario no atendió a la última frase del discurso de Scanlan. Parpadeó. Intentó poner en orden sus ideas; afectando una firmeza postiza, empezó:

—Mire, Scanlan, en mi contrato figura que el departamento...

—Mario —lo atajó Scanlan con suavidad—, no me pongas más difíciles las cosas. Quiero creer que eres consciente de que no estás en posición de exigir nada: si hasta aquí hemos podido ofrecerte tres cursos es porque disponíamos de ellos; ahora las cosas han cambiado. En cuanto a tu contrato, no me obligues a decirte que en la práctica es papel mojado: bastante trabajo me ha costado mantenerte aquí, soportando todas las presiones que he estado recibiendo. Te aseguro que puedes dar gracias por no haberte encontrado tu contrato rescindido al volver de vacaciones.

Mario parpadeó de nuevo; balbuceó algo que Scanlan no oyó, o fingió no oír.

—Supongo que tampoco hace falta que te recuerde que cualquier acción legal sería contraproducente —agregó Scanlan—. Te verías fulminantemente en la calle.

—Pandilla de cabrones —murmuró Mario en italiano.

—¿Cómo dices? —preguntó Scanlan.

Mario borró el comentario con un gesto. Scanlan suspiró.

—En fin —dijo—, es cuestión de apretarse un poco el cinturón durante algún tiempo. Estoy seguro de que a más tardar en primavera, si no después de las elecciones, cambiarán las cosas.

Mario se levantó para salir. Perplejo, notó que no estaba resentido: una curiosa calma lo embargaba, como si nada de lo que acababa de oír pudiera en realidad afectarle, o como si en vez de ocurrirle a él se lo hubieran contado. Por eso no le extrañó la voz casi afectuosa de Scanlan.

—Espero que vengas a casa esta tarde —dijo con alegría—. A Joan le gustará verte. Es a las cinco.

—Desde luego —dijo Mario sin pensar—. Allí estaré.

Al salir del despacho reflexionó: «Me he vuelto loco. Scanlan me acaba de poner prácticamente en la calle y voy a ir a su fiesta. Y en vez de pensar en protestar me callo. Me he vuelto loco».

10

—Profesor Rota —gorjeó Joyce a su espalda—. Déjeme mostrarle su nuevo despacho.

Mario caminó por el pasillo junto a la secretaria, cuyo voluminoso cuerpo oscilaba peligrosamente sobre los tacones de unos zapatos de verano, sujetos con hebillas; Joyce habló de un posible novio de Winnie. Se cruzaron con dos estudiantes graduados que miraron el tobillo vendado de Mario y la muleta en que apoyaba su paso vacilante: lo saludaron; él les devolvió el saludo. Al pasar por la puerta del despacho que hasta entonces había sido de Mario, Joyce señaló con un gesto, como quien halla el dato que confirma una hipótesis recién formulada, el montón de objetos que se apilaba en el pasillo: una nevera portátil, libros, cajas de cartón colmadas de papeles, ceniceros sucios. Mario se dijo que Berkowickz había encontrado quien lo ayudase a hacer la limpieza; también advirtió que la puerta del despacho estaba entreabierta y cazó un retazo de conversación, que no entendió.

El nuevo despacho estaba al fondo del pasillo, entre oficinas ocupadas por estudiantes graduados; la puerta lucía una placa de metal con un número, 4024, y dos nombres: Olalde, Hyun. Canturreando entre dientes, Joyce forcejeaba con la cerradura; por fin abrió.

—Buenos días, profesor Olalde —cantó otra vez la secretaria—. Le traigo un nuevo compañero de despacho.

Mario pensó que Joyce se burlaba de él, pero no dijo nada. En el extremo opuesto del despacho Olalde alzó recelosamente la vista del mazo de papeles que tenía ante él, arqueó las cejas y emitió un gruñido, volvió a bajar la vista.

Olalde era español, corpulento, casi completamente calvo, ligeramente desgarbado; caminaba escorado a la derecha, con un hombro más elevado que el otro, y no sonreía nunca, pero cuando abría la boca mostraba una doble hilera de dientes desiguales, de color ocre, bastante deteriorados; era soltero, y algunos atribuían a este hecho su notorio descuido personal. Pero el rasgo más sobresaliente de su aspecto físico era el parche de tela negra que, sujeto por una cinta que cruzaba de lado a lado su cráneo semipelado, le cegaba el ojo derecho dándole un aire de excombatiente que no desmentía su averiada figura. Enseñaba literatura española y, pese a ser uno de los miembros más antiguos del departamento, Mario sabía que su opinión apenas contaba a la hora de las decisiones; sabía también que era una especie de desecho que el departamento había decidido conservar por alguna razón que a él se le escapaba.

—El profesor Olalde tan amable y comunicativo como siempre —dijo Joyce, dirigiéndose a Mario con una voz teñida de animosidad—. Pero no se preocupe —le previno—, Hyun es un joven encantador. Y ya ve que, aunque no tenga aire acondicionado, el despacho está muy bien. Sólo es cuestión de ordenarlo un poco. Ah, y antes de que llegue el invierno arreglaremos la calefacción.

El nuevo despacho no era más pequeño que el antiguo, aunque Mario iba a tener que compartirlo con otros dos colegas. Contenía tres mesas cubiertas de libros y papeles, con varios cajones a los lados, tres sillas giratorias, dos armarios de metal, un fichero sobre el que descansaba una cafetera, y algunos anaqueles adosados a la pared, donde los libros se amontonaban en perfecto desorden. Un ventanal apaisado, que se abría sobre una pared de ladrillo rojizo, iluminaba insuficientemente la estancia; había manchas de humedad en el techo.

Joyce dijo:

—Voy a buscar a Sue para que nos ayude a trasladar las cosas de un despacho a otro, profesor Rota. En seguida vuelvo.

Apenas hubo salido la secretaria, Olalde levantó la vista de los papeles y miró a Mario con su ojo único; luego, mientras Mario tomaba asiento, se levantó y caminó encorvado hacia él.

—No se preocupe, joven —dijo en un inglés trabajoso y cómplice, como si estuviese confiando un secreto—. Aquí las cosas funcionan así. Qué se le va a hacer.

Porque pensó que Olalde quería consolarlo, Mario replicó con sequedad:

—No estoy preocupado. —Después pensó y no dijo: «Pero debería estarlo»; preguntó—: ¿Qué le hace pensar que lo estoy?

—No se preocupe —repitió Olalde, ignorando la pregunta de Mario; prosiguió sin sorna—: En el fondo esto es un paraíso; no tiene más que mirar alrededor: todo está limpio, todo el mundo es amable, todo funciona, salvo este despacho, se entiende. Yo creo que por eso me han metido aquí. Supongo que al principio fue casualidad; pero después, cuando vi que aquí no funcionaba nada (no haga caso a quien le diga lo contrario: pasaremos el invierno sin calefacción y no habrá quien arregle las tuberías rotas que empapan la pared), cuando me di cuenta de eso fui yo quien pidió quedarse.

Con una mezcla de piedad y desprecio, Mario pensó: «Está loco».

—Y dígame —se interesó Olalde—. A usted por qué lo han mandado aquí.

—Lo pedí yo.

—Ya veo, ya veo —cabeceó Olalde, torciendo la boca en una mueca que podía ser una sonrisa; hizo chasquear la lengua contra el paladar—. Está resentido. No lo culpo: es normal que ya no confíe en nadie; le confieso que yo tampoco confío en nadie. Y sin embargo le diré una cosa: este país está lleno de gente fantástica. Sí señor: gente emprendedora y saludable, rebosante de optimismo; un poco anodina, y hasta aburrida: eso se lo concedo. Pero déjeme decirle otra cosa, la gran ventaja de este país, algo que hace que me sienta un poco como si estuviera en casa, porque en España pasa lo mismo: aquí no es necesario escuchar a nadie; lo único que hay que hacer es hablar: la gente habla y habla y habla, pero nadie escucha. Comprenderá que para los que somos como yo eso es una delicia. —Hizo una pausa pensativa, añadió—: Por lo demás le entiendo, joven: los europeos nunca acabamos de acostumbrarnos, la vieja civilización, la experiencia de siglos y todo eso. ¿Ha leído usted a Henry James?

—No tengo tiempo de leer filosofía.

—Henry James escribía novelas; el filósofo era su hermano.

—Tampoco tengo tiempo de leer novelas.

—No hace falta que las lea todas, hombre. Con una basta: en realidad todas las novelas de James dicen lo mismo.

Mario se alegró de que en ese momento entraran Joyce y Sue, una mecanógrafa que trabajaba en la oficina central. Olalde retrocedió hasta su mesa y volvió a concentrar la atención en los papeles que había sobre ella.

Al cabo de media hora habían completado el traslado de las cosas de Mario desde un despacho al otro. Olalde, encerrado en un silencio hosco, no se movió de su asiento en todo ese tiempo. Mario dio las gracias a Joyce y Sue; luego se llegó hasta el despacho de Ginger, que estaba al otro lado del pasillo. Llamó a la puerta: nadie contestó. Regresó a su despacho y pidió por teléfono un taxi. Al pasar por el despacho de Berkowickz, cuando ya se disponía a salir del departamento, notó que la puerta estaba cerrada. Se detuvo un momento, pegó el oído a la puerta, contuvo la respiración: no oyó nada.

Al llegar a casa telefoneó a Ginger.

—¿Brenda? Soy Mario.

—Ah. ¿Cómo estás?

—Bien. ¿Está Ginger por ahí?

—No la he visto en toda la mañana. ¿Quieres que le diga algo cuando llegue?

—No hace falta. —Mario dudó—. Sólo dile que he llamado.

—Se lo diré —dijo Brenda—. ¿Qué tal las vacaciones?

—Muy bien —mintió Mario, para evitar explicaciones—. ¿Y las tuyas?

Brenda habló con pasión de California.

11

A las cinco en punto un taxi dejó a Mario frente a la casa de Scanlan. Era un edificio de un solo piso, de planta rectangular, chato y alargado, de paredes color crema, la continuidad de cuya fachada, ante la que crecían macizos de hortensias y crisantemos, sólo se veía interrumpida por la puerta de entrada, de madera blanca, y por un amplio ventanal situado a la derecha. Delante de la casa había una extensión de césped regada por constantes aspersores; dos senderos de pizarra daban acceso a ella: uno llegaba directamente hasta la puerta; el otro, paralelo al anterior, moría en un cobertizo o garaje de madera oscura, con una puerta roja, ante el que estaban aparcados dos coches de diseño europeo.

La mujer de Scanlan salió a recibirlo al sendero. Lucía un vestido negro de una sola pieza, muy ceñido; unas mechas cenicientas le blanqueaban a trechos el pelo, corto y liso; las manos le hervían de anillos. Como siempre que veía a Joan, Mario reflexionó que los años de vida en común acaban por conferir a las parejas un parecido que tiene algo de depravado: Joan movía las manos con la misma rápida, casi nerviosa precisión con que las movía Scanlan; ambos compartían también esa suerte de resignación que suaviza el rostro de las personas que han abandonado ya la lucha por camuflar los estragos de la edad y se refugian en el consuelo de una vejez digna.

—¿Cómo estás, Mario? —lo saludó Joan, tomándole de un brazo—. David me acaba de contar lo del tobillo. De haberme avisado antes te hubiera ido a buscar a casa.

—No tiene importancia —dijo Mario—. Ya empiezo a acostumbrarme. A los taxis y al tobillo.

Joan rio estrepitosamente; dijo sin ironía:

—La mala suerte se ceba en los mejores.

Entraron. En el salón había dos mesas cubiertas de canapés y bebidas; más allá, una puerta de cristal daba a un jardín con canteros de flores, tiestos y hamacas. Scanlan estaba de pie en el centro del salón, sirviendo ponche y conversando con un grupo de estudiantes graduados; Mario lo saludó alzando las cejas, forzó una sonrisa torpe. Joan le ofreció un vaso de vino; preguntó:

—Qué tal las vacaciones.

—A la segunda semana ya no sabía qué hacer —contestó Mario, sintiendo en seguida, casi de un modo físico, que ya antes había estado allí y le habían formulado la misma pregunta y había dado la misma respuesta. Pensó: «Todo se repite».

—A mí me pasa lo mismo —aseguró Joan—. Por eso no me gusta salir de casa durante más de dos semanas seguidas. Y eso cuando hay algo concreto que hacer. Por suerte David y yo somos de la misma opinión. Este verano, sin ir más lejos… —Se detuvo un momento para mirar por el ventanal que, frente a ellos, se abría sobre la entrada de la casa: de un coche bajaban varios invitados; dejando el vaso de vino en una repisa, dijo—: Discúlpame un momento. —Y salió a recibir a los recién llegados.

Mario fue a la biblioteca. Wojcik, un polaco que enseñaba semántica, alto, huesudo e impersonal, conversaba con un joven de tez olivácea y labios exageradamente gruesos; estaban sentados en dos sillones, frente a frente, y en la mano sostenían sendos vasos de vino. Al ver a Mario se levantaron; Mario no tuvo más remedio que acercarse a ellos. Wojcik le presentó al joven, que al parecer había llegado al departamento con una beca del gobierno hindú y hablaba un inglés que a Mario al principio le pareció ruso. Mientras conversaban la biblioteca fue llenándose de invitados. En algún momento, Mario se disculpó ante Wojcik y el hindú; se dirigió al salón, saludó a algunas caras conocidas, buscó con la vista a Ginger: no la encontró. Se sintió incómodo entre tanta gente. Abrió la puerta corredera que daba al jardín y salió a fumar.

Olalde estaba tumbado en una hamaca, al fondo del jardín, con la mirada perdida en un cantero de gladiolos; de los labios le colgaba un cigarro despectivo. Mario encendió un cigarrillo y se acercó hasta él.

—Excelente bibliografía —mascullaba Olalde—. Excelente bibliografía.

Al advertir la presencia de Mario se levantó.

—¿Y a usted qué le parecen estas fiestas, joven? —preguntó sin mirarlo—. Llevo no sé cuántos años en este país y aún no he encontrado pasatiempo mejor. —Gesticulando e impostando la voz, empezó—: Leí su último libro, profesor Fulano. Excelente bibliografía, excelente bibliografía. No voy a negarlo ahora, profesor Mengano; y aún le diré otra cosa: el profesor Zutano me la ha copiado sin rubor en su último libro, que por lo demás está plagado de errores. Por cierto, profesor Mengano, también yo leí su último artículo y debo reconocer que me impresionó la honestidad científica con que refutaba la ridícula hipótesis de ese inveterado y lamentable chapucero que es el profesor Perengano, según la cual la progenitora de Pitarra contaba veintisiete años en el momento de concebir al escritor, cuando es de todo punto evidente, como se desprende de los datos que usted aporta con su habitual modestia, que tenía veinticinco. —Olalde dio una calada al cigarro, expulsó el humo por la nariz, ahogó una risita; prosiguió—: Montón de mediocres: encuentran un mérito en leer lo que nadie ha querido leer; y al hablar se inflan como pavos, y se creen con derecho a opinar sobre todo porque saben distinguir un manuscrito del siglo trece de uno del siglo catorce. Lo que no entiendo es para qué en este país se empeñan en aislarlos en estos campos de concentración paradisíacos que son las universidades, a cientos de kilómetros de cualquier lugar habitado, en medio del desierto como quien dice. Me imagino que antes la cosa debía tener sentido: ya sabe, el peligro de infectar la sociedad con ideas disolventes y todo eso. Pero ahora, dígame usted, ahora de qué demonios van a infectar la sociedad si no tienen una idea en la cabeza, ni una sola; tienen datos y fechas y estadísticas, pero ni una sola idea. Y no vaya a pensar que yo me creo diferente, no señor: ya me ha pasado la época de ser indulgente conmigo mismo; cuando se llega a mi edad sólo los idiotas y los que tienen vocación de esclavo condescienden a la indulgencia. —Olalde hizo una pausa, caviloso, como si una idea le hubiera cruzado la mente; luego sonrió de un modo que se quería significativo—: Sí señor, yo soy idéntico a ellos, salvo en una cosa: mientras ellos ni siquiera son conscientes de la vida insuficiente y mezquina que llevan, porque les ciega la borrachera de vanidad, yo me doy cuenta de que nosotros somos los auténticos bárbaros.

La aparición de Branstyne y Tina, y de Swinczyc y su mujer, Philis, interrumpió el discurso de Olalde. Traían vasos de vino en la mano y saludaron alegremente. Mario se sentía un poco aturdido; le zumbaban levemente las sienes. Pensó: «Es el vino». Olalde aplastó la colilla en el suelo de piedra y la arrojó entre las flores; mientras con trabajosa lentitud se sentaba de nuevo en la hamaca, Swinczyc miró oblicuamente a Mario.

—Apuesto a que el profesor Olalde te ha estado hablando mal de nosotros —dijo con ironía pero sin encono, porque sabía que Olalde estaba escuchando—. O del departamento, o de la Universidad, o del país: da lo mismo. Siempre me he preguntado —prosiguió Swinczyc en un tono casi alegre, casi afectuoso— por qué el profesor Olalde no abandona de una vez este país que le trata tan mal y se vuelve a vivir a España.

—España no es un lugar para vivir —dijo Olalde, muy despacio, levantando la vista y mirando a Swinczyc con su único ojo—. España es un lugar para morir.

Hubo un silencio demasiado largo para que no fuera incómodo. Otros invitados aparecieron en el jardín: Wojcik y el joven hindú, Deans, Sarah Soughton y su marido, algunos estudiantes graduados. El grupo se dividió en varios corros; se conversaba con animación. Tina y Mario hablaron de las vacaciones. Luego Tina preguntó:

—¿Cuándo vas a venir a cenar a casa?

—Eso depende de la cocinera —bromeó Mario.

—La cocinera se superará a sí misma.

—Entonces cualquier día es bueno.

—¿El jueves?

—El jueves.

Mario alegó que necesitaba más vino y entró de nuevo en la casa. Buscó a Ginger: no estaba ni en el salón ni en la biblioteca. Sólo entonces se le ocurrió que Berkowickz tampoco había llegado.

Entró en el lavabo. Se miró en el espejo; apenas se reconoció: tenía la piel muy pálida, los labios y los pómulos afilados, el mentón tenso. Aunque no llegaba hasta allí, el eco de las conversaciones aún le bordoneaba en la cabeza. Sin querer pensó: «Acabaré como Olalde»; se arrepintió de inmediato de haberlo pensado. Orinó, se lavó las manos, se echó agua por la cara y las muñecas, se secó con una toalla. Al salir del lavabo, algo aliviado, advirtió que el grueso de los invitados que estaba en el jardín se había trasladado al salón. Absorbiendo notoriamente la atención del grupo más numeroso, que se había reunido junto a la chimenea, Berkowickz hablaba con energía, explicaba algo, gesticulaba; el grupo estalló en una carcajada unánime al aproximarse Mario. Cuando se apagaron las risas, Berkowickz siguió hablando en tono más sosegado. Mario vio a Ginger a un lado del corro, junto a Branstyne; la saludó con una sonrisa afectuosa y se preguntó si habría llegado a la fiesta en compañía de Berkowickz. Pensó: «Está preciosa». El grupo se deshizo. Mario notó que Ginger se quedaba conversando con Berkowickz, Scanlan y Tina; Branstyne, Swinczyc, Wojcik y Deans charlaban y reían junto a la mesa de las bebidas.

Mario volvió a salir al jardín; no halló a Olalde. Mientras encendía un cigarrillo se preguntó si había salido con la intención de hablar con el profesor español. No pudo contestarse, porque Branstyne lo interrumpió.

–¿Qué pasa, hombre? –dijo en tono de desenfadada reprobación–. No se puede decir que estés muy sociable.

–No –admitió Mario, sonriendo débilmente; luego añadió a modo de disculpa, señalando el jardín con un gesto de la mano que blandía el cigarrillo–: Salí a respirar un poco y a fumar. La verdad es que me duele algo la cabeza.

–¿No estarás preocupado por lo de los cursos?

–¿Quién te ha contado eso?

–No hace falta que nadie me lo cuente –dijo Branstyne–. Basta hacer una suma y una resta. Son habas contadas.

–No estaba preocupado hasta que me has recordado que debería estarlo –dijo Mario–. Me pregunto cómo estarías tú en mi lugar.

En cuanto acabó de hablar pensó que había sido injusto con Branstyne, quien sin duda no había pretendido irritarlo. Cuando se disponía a disculparse, Scanlan, Ginger y Berkowickz aparecieron en el jardín. Hubo bromas y saludos. Mario reflexionó: «No puedo acabar de hablar; no puedo acabar de pensar: es como una pesadilla». Ahora Berkowickz hablaba de nuevo, despacio, vocalizando con cuidado; Scanlan, Ginger y Branstyne lo escuchaban sin parpadear. Mirando a Ginger, Mario pensó que estaba enamorado de ella. Pensó: «Siempre he estado enamorado de ella». Luego oyó:

–Ya sabrán que Mario y yo somos vecinos.

Scanlan y Branstyne comentaron la coincidencia; Ginger miró a Mario con ojos escrutadores. Al cabo de un momento Branstyne regresó al salón; Scanlan y Berkowickz se alejaron hacia el extremo del jardín, donde estaban las hamacas. Ginger habló:

—No me dijiste que Berkowickz era vecino tuyo.

—¿Cómo dices?

—No me dijiste que Berkowickz era vecino tuyo —repitió Ginger.

—Lo olvidé.

Ginger volvió a hablar:

—Se ha ofrecido a dirigirme la tesis.

—¿Quién?

—Berkowickz.

—Lo celebro —mintió Mario, sintiendo que se le agolpaba en la garganta todo el rencor que había ido incubando contra Berkowickz, contra Scanlan, contra Ginger, contra Branstyne, contra todo y contra todos. Como si quisiera librarse de algo, dijo con precipitación—: ¿Por qué no nos vemos más tarde en mi casa? Me gustaría hablar a solas contigo.

—No puedo —se apresuró a contestar Ginger—. Aún tengo que preparar las clases de mañana.

De vuelta en el salón buscó a Joan.

—¿Podría hacer una llamada?

—Claro —dijo Joan.

Lo condujo hasta una habitación interior. Mario marcó un número de teléfono, pidió un taxi. Luego se reunió en la biblioteca con Branstyne y Tina.

—Me voy —dijo.

—¿Quieres que te acompañemos? —preguntó Tina.

—No hace falta —dijo Mario—. Ya he pedido un taxi.

—Mañana paso a buscarte por casa antes de las diez —dijo Branstyne—. No sea que acabes gastándote el sueldo en taxis.

—Tal y como están las cosas no sería muy difícil —reconoció Mario.

Hubo un silencio.

—Perdóname por lo que dije antes —se disculpó Branstyne—. No quise molestarte.

Mario esbozó una sonrisa; aseguró:

—No me molestaste.

—Te esperamos el jueves en casa —dijo Tina.

—El jueves —repitió Mario.

Joan lo acompañó hasta la puerta. Antes de salir, Mario buscó a Olalde entre el hormiguero de los invitados, pero no lo encontró. La mujer de Scanlan dijo:

—Me alegro de que lo hayas pasado bien.

Mario no recordaba haber dicho que lo había pasado bien.

—Sí —dijo, no obstante—. Ha sido una fiesta estupenda.

Cuando, ya instalado en el asiento trasero del taxi, agitaba una mano despidiéndose de Joan, que permanecía en la entrada de la casa, Scanlan apareció junto a su mujer, agitó una mano y avanzó deprisa por el sendero de pizarra, gritando algo que Mario no oyó, porque las ventanillas del coche estaban cerradas.

Al llegar a casa preparó con desgana la clase del martes. Después abrió una botella de Chablis, se hundió en el sofá y estuvo bebiendo, fumando y viendo la televisión durante un rato. A las once se metió en la cama.

Durmió inquieto. De madrugada lo despertó una pesadilla; trató de retenerla, de que no la disolviera la vigilia, pero no pudo. Lo único que consiguió rescatar fue la voz de Berkowickz. «Excelente bibliografía», mascullaba. «Excelente bibliografía.»

12

Inmediatamente después de divorciarse de Lisa, Mario sintió que se había librado de un fardo agobiante. Pronto este alivio inicial se trocó en desasosiego. Al principio le incomodó tener que asumir de nuevo todas las responsabilidades que había declinado en Lisa; comprendió más tarde que se había habituado a confiar en ella y a quererla a su modo, y que su ausencia dejaba un hueco, no ya sentimental sino afectivo, que no tenía con qué tapar. La vida en soledad se le volvió insoportable: acabó por detestar la casa que había compartido con Lisa (acordaron al separarse que él permaneciera allí; ella escogió trasladarse a un piso situado a las afueras de la ciudad). A todo ello vino a sumarse la progresiva intranquilidad que le deparaba el hecho de ver casi a diario a Lisa en la Universidad, pues el departamento de historia y el de lingüística se hallaban en el mismo edificio. El curso apacible que parecía seguir la vida de ella; su excelente aspecto y la vitalidad inagotable que irradiaba y que no se había visto menoscabada, sino tal vez al contrario, por el sobresalto de la separación; el eco de sus incesantes éxitos profesionales, que siempre llegaba a Mario por boca de otros, nunca de Lisa, y el creciente prestigio académico que de ellos se derivaba: esta serie de circunstancias, unidas a su propio desamparo moral, le ayudaron a convencerse de que había vuelto a querer a Lisa.

Decidió hablar con ella. Concertó una cita. Se explicó largamente; le pidió a Lisa que volvieran a vivir juntos. Ella sonrió dulcemente.

—Mario —dijo con lentitud, como si acariciara las palabras—, tu problema es que confundes el amor con la debilidad.

Al cabo de dos meses Lisa se casó con uno de sus alumnos, cinco años más joven que ella. Para entonces ya había decidido Mario que debía abandonar Brown University. Pensó de nuevo en regresar a Italia; mientras tanto envió solicitudes de trabajo a diversas universidades norteamericanas. Cuando recibió la oferta de la Universidad de Illinois no dudó un momento en aceptarla.

En agosto se incorporó al nuevo trabajo. No le gustaron ni la Universidad ni el departamento al que estaba asignado. Sin embargo, como sabía que iba a permanecer allí durante algún tiempo, se apresuró a intentar entablar amistades, cosa que logró casi en seguida, gracias sobre todo al carácter abierto y cordial de los demás profesores del departamento.

En uno de los primeros días del curso una estudiante graduada irrumpió en su despacho. Era una joven de estatura mediana, de pelo largo, liso y ordenadamente alborotado, de ojos azules, de carnosas mejillas; vestía una camiseta lila que pugnaba por contener la pujanza de sus pechos colmados, y una minifalda blanca, que le recortaba las caderas y dejaba al descubierto unas piernas pálidas, de algún modo infantiles. Se llamaba Ginger Kloud. Estuvo hablando durante un rato; Mario advirtió que le brillaban los ojos, calculó que rondaría los veinticinco años. Cuando ella salió del despacho, Mario había aceptado dirigirle la tesis.

Ginger asistía a una de las clases de Mario. Conversaban a menudo. Él la trataba con cierta displicencia no exenta de coquetería: era consciente de ejercer algún tipo de atractivo sobre ella, y este hecho, quizá paradójicamente, lo halagaba sin dejar de incomodarlo.

A principios de octubre Ginger lo invitó a una fiesta que daba en su casa. Bebieron whisky, bailaron, fumaron marihuana, charlaron.

Al día siguiente, cuando despertó, Ginger todavía estaba a su lado.

A partir de entonces se vieron fuera de clase con frecuencia. Mario, a pesar de ello, siguió manteniendo las distancias. Al principio esta actitud surgió en él de un modo natural: no deseaba crearse una nueva dependencia afectiva; luego la cultivó conscientemente, porque observó que la distancia era un instrumento de dominación: Ginger seguiría a sus expensas mientras lograra mantenerla. Descubrió también que esta situación le proporcionaba un bienestar constante y le devolvía el equilibrio que había perdido cuando se separó de Lisa: gozaba de todas las ventajas del cariño de Ginger y se hurtaba a todas las concesiones y menudas esclavitudes que le hubiera ocasionado el hecho de invertir en ella su afecto. En un principio Ginger se avino de grado a las tácitas condiciones que Mario había impuesto, declaró que no deseaba que su relación trascendiera los límites de una buena amistad; más tarde, aunque continuaba refiriéndole los ocasionales lances amorosos en los que se veía envuelta, empezó a lamentarse de la escasa atención y el trato negligente que Mario le dispensaba; finalmente, porque era incapaz de salvar la barrera que él había levantado entre los dos, Mario acabó por convertirse en una obsesión para ella: en una sola tarde, sin apenas transición, se acostaba con él, se irritaba, lloraba, se contradecía, lo insultaba y salía de casa dando un portazo, mientras Mario permanecía refugiado en un silencio indiferente; horas más tarde una llamada telefónica de Mario volvía a reconciliarlos.

Así transcurrió casi un año.

La víspera del día en que Mario partió de vacaciones a Italia salieron a cenar. Él pensó al despedirse que iba a extrañarla.

Durante el mes de vacaciones la extrañó: le escribió una postal desde Niza y otra desde Amsterdam, donde su avión hizo escala; también varias cartas desde Turín. En una de ellas escribió: «Es como una condena; querer siempre lo que no se tiene y no querer nunca lo que se tiene. Basta que consiga algo para que deje de tener interés para mí. Supongo que la ambición nace de cosas como éstas, pero yo ni siquiera soy ambicioso: carezco de la fuerza precisa para desear constantemente». En otra carta confesó: «Sólo soy capaz de apreciar algo cuando ya lo he perdido».

A la segunda semana de estar en Turín lamentó que Ginger no lo hubiera acompañado. Pensó en algún momento que estaba enamorado de ella. Otro día se dijo que pronto iba a cumplir treinta años y que, si le convenía casarse de nuevo, Ginger era sin duda la persona adecuada.

Cuando aterrizó en Chicago, de vuelta de las vacaciones, ya había decidido proponerle a Ginger que se casara con él.

13

A la mañana siguiente Branstyne pasó a recogerlo por casa a las nueve y media. Mario oyó un claxon, se asomó a la ventana del despacho y vio un coche; salió.

—¿Cómo está el tobillo? —preguntó Branstyne, doblando a la izquierda por University Avenue para tomar Goodwin.

—Bien —respondió Mario—. A veces me da la impresión de que cuando me quiten la venda y la muleta voy a ser incapaz de andar.

Branstyne sonrió.

—¿Cuándo te las quitan?

—Me dijeron que volviera el domingo —explicó Mario—. Pero a lo mejor voy antes. Me parece que ya ha desaparecido la hinchazón.

Branstyne lo dejó a la puerta de Lincoln Hall. Mario le agradeció que lo hubiera acompañado hasta allí.

—Si quieres mañana puedo pasar por tu casa a la misma hora —dijo Branstyne—. También tengo clase a las diez.

Mario aceptó. Se despidieron.

Entró en Lincoln Hall. Los pasillos estaban atestados de estudiantes. Subió al segundo piso y se metió en el aula 225: algunos alumnos esperaban ya el inicio de la clase. Mario se sentó a la mesa destinada al profesor, que descansaba sobre un entarimado de madera, dejó la muleta apoyada contra ella, sacó algunos papeles de la cartera. Cuando sonó el timbre, veinticuatro pares de ojos lo miraban.

Se presentó. Confusamente, explicó el programa que se proponía desarrollar a lo largo del curso y el método de evaluación que iba a emplear. Luego abrió un turno de preguntas; como no hubo ninguna, dio por concluida la clase. Los estudiantes empezaron a salir. Mientras volvía a meter en la cartera los papeles que había sacado de ella, advirtió que una joven de ojos saltones y pelo rojizo lo miraba burlonamente al pasar ante la mesa. Por un momento estuvo seguro de haberla visto antes, creyó que iba a reconocerla; no pudo: la joven se reunió en la puerta con otra estudiante, más baja y más gruesa que ella, y ambas se echaron a reír. No supo evitar el sentirse ligeramente ridículo; acabó de recoger sus cosas y salió.

En el Quad (un vasto cuadrángulo de césped cercado por los edificios de la Universidad y cortado por senderos de cemento que comunican entre sí un edificio con otro) reinaba, bajo un sol duro y brillante, la quietud habitual durante las horas de clase: sólo aquí y allá algunos estudiantes, vestidos con pantalones cortos y camisetas holgadas, tomaban el sol o conversaban con los ojos entrecerrados; otros leían recostados contra los troncos de los árboles; otros aún se lanzaban pelotas de béisbol o discos de plástico que planeaban perezosamente a ras de césped; muy pocos caminaban por los senderos de cemento. Estos últimos, sin embargo, en cuanto sonaba el timbre que señalaba el final de las clases, se convertían en un hervidero de estudiantes que andaban apresuradamente hacia el edificio donde debían asistir a la siguiente lección: entonces el aire se envenenaba de gritos, de música, de conversaciones, de saludos. Cuando al cabo de diez minutos sonaba de nuevo el timbre que señalaba esta vez la reanudación de las clases, el Quad volvía a convertirse en una balsa de aceite.

Mario entró en el Foreign Languages Building. Subió al cuarto piso, recogió el correo en la oficina principal y fue hasta el despacho; no estaban ni Olalde ni Hyun. Ordenó libros y papeles en los cajones del escritorio, en los anaqueles, en el fichero; luego se llegó hasta el despacho de Ginger, llamó a la puerta: nadie contestó. En la oficina principal halló a Swinczyc, quien se ofreció a llevarlo en coche a casa. Mario aceptó.

Telefoneó a Ginger desde el apartamento. Le propuso que comieran juntos. «Quiero hablar contigo», dijo. Ginger pasó a recogerlo al cabo de media hora. Fueron a Timpone's.

—¿De qué querías hablarme? —preguntó Ginger con la vista clavada en la carta.

—De nada en especial —admitió Mario—. Se me ocurrió que podríamos charlar un rato. Últimamente resulta bastante difícil.

—Sí —convino Ginger—. La verdad es que estoy muy ocupada. El principio del curso siempre es así.

Vino el camarero; ambos pidieron ensalada y bistec. Ginger vestía falda de cuero marrón y camisa rosa, muy holgada; el pelo se le derramaba lustrosamente sobre los hombros. Mario pensó: «Está preciosa». Retomando la conversación interrumpida, dijo sin resentimiento:

—En cambio yo cada vez tengo más tiempo. —Hizo una pausa; añadió—: Scanlan me ha quitado dos cursos.

—Y se los ha dado a Berkowickz —continuó Ginger por él—. Me lo contó Branstyne; pero no había que ser un genio para preverlo.

—¿Qué quieres decir?

—Nada.

Porque no quería discutir, Mario cambió de tema. Ginger habló en seguida de la fiesta en casa de Scanlan, de la posibilidad de acabar la tesis ese mismo año, del interés que Berkowickz había mostrado por ella, de las indicaciones que le había dado; luego se planteó la posibilidad de solicitar una beca del departamento, pues el hecho de obtenerla podría permitirle prescindir de las clases que estaba dictando y dedicarse exclusivamente al trabajo de investigación. Cuando acabaron de comer, Mario intentó cogerle una mano; Ginger la apartó.

—¿Qué te pasa? —preguntó Mario, mirándola a los ojos—. Todo anda mal desde que he vuelto.

—Que yo recuerde nunca anduvo bien. —Ahora la voz de Ginger sonaba diferente, como si se le hubiera adelgazado.

—En un mes has cambiado.

—He cambiado.

—¿Qué quieres decir?

—Lo has dicho tú.

—¿Por qué no te dejas de esgrima verbal y me dices de una vez lo que te pasa?

—Que he cambiado —repitió Ginger—. Ya no te quiero.

Hubo un silencio.

—No te quiero —volvió a repetir ella con más convicción, como si estuviera dándose ánimos—. Y no quiero que volvamos a la misma situación de antes.

—Ahora todo sería diferente.

—Sería exactamente igual —dijo ella—. Y aunque fuera diferente: da lo mismo. Ya no te quiero. Ni tampoco quiero que volvamos a hablar de este tema.

Pagaron.

14

El miércoles, después de la clase (la había dado por terminada antes de la hora, porque se sintió fatigado, sin fuerzas, tal vez algo incómodo o avergonzado por la venda en el tobillo y la muleta apoyada contra la pizarra), regresó en autobús a casa. Al bajar en West Oregon advirtió que una joven de ojos saltones lo saludaba desde un coche aparcado al otro lado de la calzada. Al pronto pensó que se trataba de la alumna pelirroja cuya actitud lo había desconcertado el día anterior, a la salida de clase; mientras cruzaba la calle comprendió que no era ella.

—Perdone —se excusó la joven cuando Mario estuvo a unos metros del coche—. Lo he confundido con otra persona.

Mario pensó que durante esa semana había vivido una situación semejante, pero no recordó cuándo. Pensó: «Todo se repite».

Después de comer durmió la siesta. Despertó con la boca pastosa y un leve zumbido en las sienes; en el lavabo, el espejo le devolvió un rostro surcado por las huellas de los pliegues de la almohada. Se lavó la cara y los dientes; preparó café. Luego, en el comedor, intentó leer, pero en seguida se dio cuenta de que era inútil: no podía concentrarse. Fue a la cocina, abrió una lata de cerveza, conectó la televisión, se tumbó en el sofá; con el mando a distancia saltaba de un canal a otro, sin permanecer mucho tiempo en el mismo. Hacia las seis creyó oír ruido de pasos y voces en el descansillo; bajó al mínimo el volumen de la televisión, se levantó del sofá, contuvo la respiración, pegó un ojo a la mirilla de la puerta: no vio a nadie, pero oyó un ruido apagado, de música o conversaciones, que llegaba del apartamento de Berkowickz. Volvió a tumbarse en el sofá, volvió a subir el volumen de la televisión, volvió a saltar de un canal a otro. Al cabo de un rato se había cansado de la tele. Fue al despacho y colocó un sillón junto a la ventana que se abría en la fachada del edificio, sobre West Oregon; por la ventana entraba una luz limpia, aún no oxidada por el sol declinante del atardecer.

Intentó leer. Algo después, cuando levantó la vista del libro, vio cómo David y Joan Scanlan aparcaban el coche frente a la casa; instintivamente apartó el sillón de la ventana y se ocultó. Scanlan y su mujer entraron en el edificio de Mario; éste pensó: «Van a casa de Berkowickz». Fue al comedor apoyándose con suavidad en el pie lastimado, para no hacer ruido con la muleta; se asomó a la mirilla: vio a Scanlan y a Joan llamando a la puerta de enfrente; Berkowickz la abrió en seguida, los hizo pasar. Más tarde vio llegar a Swinczyc y su mujer, a Branstyne y Tina, a Deans, a Wojcik y a varios profesores más; también entraron dos estudiantes graduados.

Era noche cerrada cuando consideró que ya habían llegado todos los invitados a la fiesta de Berkowickz. Fue a la cocina, abrió una botella de Chablis, se tumbó en el sofá del comedor y conectó de nuevo la televisión; durante un rato estuvo fumando y bebiendo. Pensó en algún momento que podría ocurrírsele a Branstyne, o a Swinczyc, o al propio Berkowickz, llamar a su puerta para invitarlo a sumarse a la fiesta. Entonces, como accionado por un resorte, se levantó, apagó las luces de la cocina, del despacho y el comedor, desconectó la televisión. Volvió a sentarse en el sofá, a oscuras, en una mano el vaso de vino, el cigarrillo encendido en la otra. Una tenue claridad cenicienta entraba por las ventanas; cada vez que daba una calada al cigarrillo, la brasa le iluminaba levemente el rostro. Pasó un tiempo, al cabo del cual oyó voces en el descansillo, tal vez reconoció la de Tina. Llamaron a la puerta. Él contuvo la respiración, permaneció inmóvil. Oyó la voz de Branstyne: «Debe de haber salido»; alguien cuya voz no pudo reconocer comentó algo. Creyó oír risas, y después un portazo. Casi en seguida volvió a oír ruido en el descansillo. Se acercó sigilosamente a la puerta, miró por la mirilla: vio a Philis, la mujer de Swinczyc, y a Tina cargadas con vasos y botellas; Ginger llevaba una bandeja tras ellas. Por alguna razón no le sorprendió verla allí. «Seguro que ha llegado la primera», pensó.

Comprendió que la fiesta se trasladaba al porche; saltando sobre una sola pierna llegó hasta el despacho, abrió la ventana que daba a West Oregon, bajo la cual, tapado por un amplio saliente de tejas, se hallaba el porche, y levantó el mosquitero. Se sentó en el sillón; se dispuso a escuchar. Al principio las voces se confundían en un murmullo indistinto; más tarde, aguzando el oído, distinguió, o creyó distinguir, la voz de Scanlan, la de Berkowickz: una risa unánime las uniformizó en seguida. Al cabo de un momento oyó confusamente que Berkowickz hablaba de un congreso, citaba nombres conocidos, bromeaba a costa de una profesora de apellido impronunciable; luego un grumo de voces diversas borró la de Berkowickz. Mario fue al comedor, cogió la botella de Chablis, un vaso y un cenicero; cigarrillos. Cuando volvió a sentarse junto a la ventana, reinaba en el porche un silencio absoluto, sólo turbado por el ruido de los coches ocasionales que transitaban la calle. Entonces empezó a oír con claridad la voz de Scanlan: con una especie de amistosa convicción hablaba del empeño que había puesto en elevar el nivel del departamento; dijo que estaba seguro de contar para ello con el apoyo de todos, pues en definitiva todos también acabarían por beneficiarse de que el departamento se convirtiera en un centro de élite; afirmó que el único modo de conseguir esto último era elevar el nivel del profesorado, seleccionándolo rigurosamente y sometiendo su grado de competencia, de uno u otro modo, a pruebas periódicas que lo obligaran a mantenerse a un alto nivel; aseguró que, pese a que era cierto que los contratos en vigor preveían la necesidad de que los profesores alumbraran una serie de publicaciones antes de que el departamento les renovara el contrato o, en su caso, les concediera una plaza fija, todos sabían que este procedimiento se había verificado hasta entonces con una tolerancia sin duda excesiva y, a la postre, perjudicial tanto para el departamento como para el propio afectado; finalmente, declaró que tenía la intención de presentar en la próxima reunión del Comité un proyecto concreto que reflejase todas esas exigencias; a partir de él, concluyó, esperaba poder iniciar una nueva etapa.

Mario oyó que Berkowickz y Swinczyc apoyaban enérgicamente la propuesta de Scanlan; también le oyó hacerlo a Branstyne. Luego otras voces se sumaron a las de éstos. La conversación se bifurcó, se multiplicó en meandros; ya sólo captaba retazos inconexos de ella. En un momento preciso (pero más tarde pensó que en realidad no podía asegurarlo), Mario oyó su nombre en boca de Berkowickz, y después la risita nerviosa de Swinczyc.

A las diez y media empezaron a retirarse los invitados; Ginger fue la última en hacerlo.

15

Al otro día despertó a las ocho. Se afeitó, se duchó con el pie izquierdo envuelto en una bolsa de plástico y desayunó una taza de café solo. Branstyne pasó a recogerlo a las nueve y media.

—¿Cómo está el tobillo? —preguntó, doblando a la izquierda en University Avenue para tomar Goodwin.

—Mejor —respondió Mario—. Ya sólo es cuestión de un par de días.

—Anoche nos reunimos unos cuantos en casa de Berkowickz —declaró Branstyne—. Te llamamos, pero no estabas.

—Salí a hacer unos recados y no volví hasta tarde —alegó Mario; luego, como para desprenderse del silencio incómodo que se había hecho en el auto, se interesó—: ¿Qué tal estuvo?

Branstyne habló de la fiesta hasta que detuvo el coche frente a Lincoln Hall; Mario le agradeció que lo hubiera acompañado hasta allí. Branstyne dijo:

—Paso a buscarte esta noche a las siete.

Mario lo miró sin comprender. Levantando la mano izquierda del volante y enarcando las cejas, Branstyne agregó:

—Probamos los fettuccini de Tina y de paso charlamos un rato con calma.

Mario trató de ocultar que había olvidado la cena.

—Pasa por casa cuando quieras —dijo—. No voy a salir en toda la tarde.

Después de dictar la clase (tampoco esta vez pudo llenar los cincuenta minutos, y antes de que sonara el timbre la dio por concluida) fue a la oficina central del departamento. En el buzón halló una nota firmada por Scanlan, quien le urgía a hablar cuanto antes con él.

Ya se disponía a llamar a la puerta del jefe cuando oyó a su espalda la voz de Joyce.

—El profesor Scanlan está ocupado —dijo.

Mario se volvió. La secretaria sonrió con los labios pintados de un rojo vivísimo, que contrastaba con el rubio pajizo del pelo y la blancuzca palidez del rostro; un lazo de seda azul, con manchas blancas, le recogía el pelo casi en la coronilla, componiendo una especie de cola de caballo; las cejas sin vello contribuían a dar a su aspecto un vago aire de pescado o reptil. Sin concederle una sola oportunidad de intervenir, respondiendo las preguntas que ella misma formulaba, gesticulando lenta pero copiosamente, Joyce se interesó por el tobillo de Mario, refirió el caso de una amiga de Winnie que había sufrido un percance semejante. Luego cambió de tema; habló abiertamente de Winnie, de que había sido admitida en la Universidad de Iowa, de que era muy joven para ir a la universidad, de que tenía un novio que se llamaba Mike. En algún momento aseguró que, aunque no fuera necesaria hasta la llegada del invierno, ya se estaban haciendo gestiones para arreglar la calefacción del despacho de Mario. Sólo cuando preguntó por Olalde tuvo él la impresión de que la secretaria estaba esperando una respuesta. No pudo, sin embargo, cerciorarse de ello: justo entonces se abrió la puerta del despacho de Scanlan. Berkowickz salió de él con el rostro rebosante de energía; los labios se le alargaban en una sonrisa de sólida satisfacción. Ante la mirada de Scanlan saludó a Mario con un gesto deportivo.

—Ayer te perdiste una fiesta en mi casa —dijo con aire de alegre o fingida contrariedad—. La culpa fue mía: se me olvidó decírtelo antes. Después llamamos a tu casa, pero ya no te encontramos.

—Salí a hacer unos recados y no volví hasta tarde —se excusó Mario; de inmediato pensó que no era eso lo que había querido decir e intentó agregar algo. No pudo hacerlo, porque Berkowickz se le anticipó.

—Hasta luego —dijo. Y añadió dirigiéndose a Mario—: A ver si un día de éstos tenemos tiempo de charlar un rato con calma.

Quizá sin un motivo preciso, Mario pensó: «Como una pesadilla».

Entraron en el despacho. Scanlan se sentó tras el escritorio; Mario, en una de las sillas de gamuza que se alineaban frente a él. Acariciándose con suavidad la barba de chivo, Scanlan hizo algunos comentarios inocuos, tal vez amables, sonriendo empalagosamente. Mario se distrajo un momento mirando un cartel clavado con chinchetas en la pared del fondo: anunciaba una retrospectiva de la obra de Botero. Oyó que Scanlan carraspeaba, se aclaraba la voz.

—Sólo te voy a entretener un momento: prefiero informarte yo personalmente de la situación —declaró; la sonrisa empalagosa se había borrado. Tras un instante prosiguió en tono oficial–: La semana próxima se reúne el Comité del departamento. Me propongo exponer allí tu caso y tratar de que entre todos hallemos una solución, no para este semestre, desde luego, pero sí tal vez para el próximo o para el año que viene; no puedo asegurarte que se consiga, pero desde luego vamos a intentarlo: yo, por mi parte, ya estoy trabajando en ello. –Hizo una pausa, volvió a carraspear, se retrepó en el asiento–. Por otro lado, y esto está estrechamente vinculado a lo anterior, supongo que eres consciente, tanto o más que cualquiera de los otros profesores, del esfuerzo que he venido desplegando para elevar el nivel del departamento desde que me hice cargo de él. No creo desbarrar si imagino que todo el mundo está empeñado en la misma tarea: se trata, en definitiva, de convertir el departamento en un centro de élite, y eso no puede más que beneficiarnos a todos. Pero, claro está, no basta con llevar a cabo las gestiones precisas para obtener aumentos presupuestarios que nos permitan contratar nuevos profesores, sino que es necesario también ser mucho más exigente con los que ya están aquí, empezando por uno mismo. Y como estoy dispuesto a que todas estas buenas intenciones se traduzcan en medidas prácticas, voy a someter al Comité un nuevo proyecto de regulación del departamento; si no ando equivocado, no habrá ningún problema para que se apruebe. Lo que esa nueva regulación pretende, en sustancia, es que se cumpla con mayor rigor y exigencia lo que hasta ahora había sido poco más que papel mojado; es decir: no se renovará el contrato de un profesor que no haya demostrado el nivel de competencia profesional e intelectual que el departamento considere adecuado. Ya sé que este tipo de medidas puede parecer amenazante; en realidad sólo pretende ser un estímulo para todos. Ahora bien, Mario —continuó Scanlan, esforzándose claramente por adoptar un tono de voz menos impersonal o más urgente—; tu contrato, si no me equivoco, vence en junio; calculo que hacia la primavera se reunirá el Comité. Por lo tanto aún te quedan más de seis meses, tiempo de sobra para preparar o para acabar de pulir algo de lo que hayas estado haciendo en todo este tiempo: tres años son muchos años sin publicar nada. E insisto en que no es una amenaza, Mario, sólo estoy constatando hechos; tómatelo más bien como un consejo de amigo que te aprecia. Trabaja, Mario, prepara algo, cualquier cosa, y lo envías a alguna revista o lo presentas en algún congreso; y listo. Sea lo que sea, prepara algo; y rápido: te confieso que de otro modo no me va a ser fácil interceder por ti ante el Comité.

16

Branstyne pasó a recogerlo a las siete. Tomaron por Lincoln Avenue, doblaron a la izquierda en University y siguieron hasta los suburbios del norte de la ciudad. Apenas hablaron durante el trayecto. Aparcaron frente a la casa de Branstyne, un edificio de una sola planta, de paredes blancas, con grandes ventanales, de techo verde y liso, coronado por dos chimeneas (una muy pequeña, de metal; la otra más grande, rectangular, de piedra) sobre las que languidecía un sauce; por un sendero de grava que cruzaba el jardín se accedía al garaje, cuya silueta se recortaba contra una densa masa de vegetación.

Entraron hasta el comedor. De la cocina llegaba un tintineo de vasos, cubiertos y cacerolas; también un leve olor a pasta. En seguida apareció Tina envuelta en un mandil marrón, el pelo alborotado, la sonrisa radiante; Mario pensó que estaba preciosa. Se besaron.

—En un minuto está lista la cena —dijo Tina; mirando a Mario con ojos brillantes agregó—: Te vas a chupar los dedos. —Y regresó a la cocina.

—Tenemos tiempo de tomar algo —dijo Branstyne—. ¿Qué te apetece?

—Martini seco —respondió Mario.

Branstyne preparó dos martinis secos con hielo. Le tendió uno a Mario y se sentó en un sillón, frente a él.

—¿Cómo está el asunto, entonces? —preguntó como si retomara el hilo de una conversación recién interrumpida.

—¿Qué asunto?

—Tu situación en el departamento.

A Mario le molestó la brusquedad, la casi precipitación con que Branstyne había sacado a relucir el tema, como si sólo le hubiera invitado a cenar para hablar de él. «¿Con qué propósito?», se preguntó, confusamente.

—Mal —reconoció Mario; de golpe sintió ganas de hablar—: ¿Cómo quieres que esté? En realidad es imposible que las cosas vayan peor desde que ha llegado Berkowickz.
—Y mientras decía esto lo pensaba también por vez primera.

—¿Qué tiene que ver Berkowickz con eso?

—Prácticamente me ha echado —dijo Mario como para sí mismo, sin proponerse responder la pregunta de Branstyne.

—¿Berkowickz te ha echado?

—No —dijo Mario volviendo a la conversación—. Scanlan. Esta mañana he hablado con él: ahora ya sé que en junio no me renovará el contrato.

—Eso no puede ser —declaró Branstyne con convicción—. Este tipo de cosas las decide el Comité, y el Comité no puede rescindir un contrato por las buenas, al menos tendrán que esperar hasta Navidad.

—Será en Navidad o en primavera, da lo mismo —dijo Mario—. Lo importante es que la decisión está tomada. Scanlan domina el Comité, y éste hará lo que Scanlan quiera que haga. Hoy me ha venido a decir que soy un mediocre, que no publico lo suficiente, vamos, que no doy la talla. Me ha llamado para humillarme, Branstyne; y también para cubrirse las espaldas, para poderme echar con toda impunidad, casi con la conciencia tranquila… Lo que me revienta es que sea un cínico.

—Es su trabajo.

—¿Ser un cínico?

—Conseguir que el departamento funcione de acuerdo con unas normas.

—Y para eso tiene que echarme.

—Para eso tiene que conseguir que esas normas se respeten.

—Ya empiezas a hablar como él.

Hubo un silencio.

—Todo se arreglará —dijo Branstyne al cabo, en tono conciliador.

—No seas idiota, Branstyne —dijo Mario, ya sin reprimir la furia que le latía en las sienes—. Aquí no se va a arreglar nada porque no hay nada que arreglar. A estas alturas me conformaría con llegar a junio sin que me bajen otra vez el sueldo.

Tina entró en el comedor; se preparó un martini y fue a sentarse en un brazo del sillón donde Branstyne había enmudecido. Como el silencio persistía, Tina preguntó:

—¿De qué hablabais?

—De un amigo común —respondió Mario—. Daniel Berkowickz. Desde que llegó aquí todo me sonríe. Primero fue lo del tobillo, pero a partir de ahí ya no ha parado la cosa. Antes cobraba un sueldo; ahora cobro la tercera parte de un sueldo. Antes creía tener un trabajo seguro; ahora ya sé que no duraré mucho en él. Antes tenía un despacho; ahora tengo una especie de establo que sólo puede llamarse despacho para no ofender al chino y al chalado con quienes lo comparto. —Hizo una pausa: miró el martini, los pedazos de hielo que flotaban en el líquido; agregó—: Antes también tenía una mujer.

—Pero era como si no la tuvieras —dijo Tina con suavidad—. Total, no le hacías ni caso.

Mario no dijo nada; permaneció con la vista clavada en el vaso, agitándolo suavemente para remover el hielo. Branstyne, cada vez más hundido en el sillón, no parecía dispuesto a salir del silencio en que se había encerrado. Tina bebió un trago de martini sin apartar la mirada de Mario; preguntó:

—¿Qué ha pasado con Ginger?

—Supongo que se hartó —dijo Mario—. La verdad es que no me ha dado demasiadas explicaciones.

—Y no me digas que ahora se te ocurre enamorarte de ella.

—A lo mejor ya lo estaba antes —aventuró Mario, levantando la vista y fijándola en Tina con una expresión maliciosa o irónica, que ella no entendió—. Sólo que no lo sabía.

Tina se levantó del brazo del sillón y fue a sentarse en el sofá, junto al sillón de Mario.

—Mira, Mario —empezó con un tono tal vez admonitivo—. Perdóname que te sea sincera, pero es que alguien tiene que serlo contigo. Esas cosas que cuentas están muy bien cuando se tiene menos de veinte años: a partir de entonces resultan patéticas, por no decir algo peor. Sólo los adolescentes y los idiotas se empeñan en querer lo que no tienen y en no querer lo que tienen; sólo los adolescentes y los idiotas son incapaces de apreciar algo hasta que lo han perdido. —Se detuvo un momento; luego prosiguió–: Tú sabes perfectamente que a Ginger la hiciste sufrir muchísimo. Lo que ha hecho es lo más sensato: te confieso que yo en su lugar hubiera hecho lo mismo, sólo que mucho antes.

–Parece como si creyeras que la gente se ha confabulado contra ti o algo por el estilo –intervino Branstyne para apoyar a Tina, incorporándose un poco en el sillón y cruzando las piernas–. Es ridículo. Tina tiene razón: sólo a un adolescente se le ocurren esas cosas. En cuanto a Berkowickz, te diré algo: me consta que te aprecia. Por lo demás (y esto te lo digo porque yo también te aprecio), deberías tomar ejemplo de él, pero no sólo desde el punto de vista académico: Berkowickz es un tipo vital, enérgico, emprendedor, que sabe ver el lado bueno de las cosas y sabe sacarles todo el jugo que tienen. Te soy sincero: estoy encantado de que haya venido, es como si hubiese entrado una bocanada de aire fresco en el departamento. Y por lo que respecta a Scanlan, ya conoces mi opinión: él sólo trata de cumplir lo mejor posible con el trabajo que le han encomendado; Scanlan es el jefe y tiene el deber de mejorar el nivel del departamento, de lo contrario todo el mundo saldría perjudicado. Las cosas son así, Mario –concluyó Branstyne con énfasis–, y no hay nada que hacerle.

Mario contuvo un impulso de marcharse; se bebió de un trago el martini que quedaba en el vaso. Por un momento pensó que estaba compareciendo ante un tribunal que no podía o no quería comunicarle de qué se le acusaba. Pensó: «Como una pesadilla».

–De todos modos –continuó Branstyne, a quien quizá impacientaba el silencio de Mario–, a mí no me parece que la situación sea tan grave, al menos por ahora. Lo que hay que hacer es arrimar el hombro, Mario, trabajar. Dime: ¿cuánto hace que no publicas nada? ¿Un año, dos, tres?

—Tres años —dijo Mario—. Tres años y dos meses, para ser más exactos.

—Tres años —repitió Branstyne, encogiéndose de hombros y mirando a Tina. Volvió a dirigirse a Mario—: Francamente, no entiendo cómo te quejas de Scanlan. En vez de eso lo que deberías hacer es preparar algo y tratar de publicarlo en algún sitio.

—No tengo nada preparado —admitió Mario.

—El Congreso de la Asociación no es hasta enero —dijo Branstyne—. Todavía quedan cuatro meses: tienes tiempo más que suficiente. Y quien dice al Congreso de la Asociación dice a cualquier otro sitio. Es sólo cuestión de buena voluntad, Mario, de hacer un gesto. Estoy seguro de que si lo haces Scanlan sabrá encontrar alguna solución; lo único que te está pidiendo es que le des una razón para buscarla.

Tina se levantó y fue a la cocina. Al cabo de un instante regresó y volvió a sentarse en el sofá.

—Mario —dijo Tina para romper el silencio—. Todos estamos tratando de ayudarte.

Mario habló muy poco durante la cena; apenas comió: un manojo de nervios le entorpecía la garganta. Branstyne lo miraba con una mezcla de compasión y de afecto. Tina cargó con el peso de la conversación: habló de amigos comunes, de Italia, de una beca que le había concedido el departamento de biología, de las vacaciones.

Al acabar la cena Mario felicitó a Tina por los fettuccini; también prometió volver otro día.

Branstyne lo dejó a las diez frente a su casa.

—Mañana no podré pasar a buscarte —dijo—. No tengo clase y en casa hay algunas cosas que hacer: ya sabes, tener una familia es como tener un pequeño negocio.

Mario asintió; dijo:

—No te preocupes. El autobús para ahí mismo.

Abrió la puerta para salir; entonces sintió una mano en el hombro. Se volvió: Branstyne se despedía de él de un modo que significaba: «Ánimo. Todos estamos tratando de ayudarte». Mario reprimió un violento deseo de partirle la cara.

Cuando el auto de Branstyne dobló la esquina, Mario encendió un cigarrillo y caminó West Oregon abajo, con paso vacilante, apoyándose en la muleta. Hacía un calor húmedo, pegajoso; los globos de luz de las farolas, mugrientos de cadáveres de mosquitos, esparcían una luz pobre y amarillenta sobre el adoquinado. Llegó hasta Race, torció a la izquierda y se dirigió hacia Lincoln Square. Entró en The Embassy.

Era un bar pequeño, penumbroso, de forma alargada, las paredes y el suelo revestidos de madera; a la derecha, transversalmente, se alineaba una sucesión de mesas de madera bañadas por la luz difusa de las lámparas que pendían sobre ellas; a la izquierda se alargaba la barra, con taburetes de madera y metal que crecían del suelo como hongos; tras la barra un espejo repetía la atmósfera humosa del bar, casi desierto a esa hora: una pareja de jóvenes conversaba en una mesa cercana a la entrada; varios hombres de aspecto fornido lanzaban dardos sobre una diana; otros dos hombres bebían en la barra, solos.

Mario apoyó la muleta contra la barra, se sentó en un taburete y pidió whisky; cuando se lo trajeron encendió un cigarrillo. A las doce y media, después de tres whiskys y medio paquete de Marlboro, advirtió que no quedaba nadie en el bar, salvo el camarero. Pagó y salió.

Al llegar frente a su casa vio luz en el apartamento de Berkowickz. Subió con cuidado las escaleras, procurando que no crujieran. En el descansillo se detuvo, aguzó el oído, contuvo la respiración: oyó música, y unas voces que no reconoció.

Cuando se metió en la cama notó que estaba borracho.

17

Al día siguiente despertó con la boca seca y las sienes traspasadas por una punzada levísima; con un vaso de zumo de naranja empujó dos aspirinas, se afeitó, se duchó con el pie izquierdo envuelto en una bolsa de plástico, desayunó un tazón de café solo.

Salió del apartamento. Cuando estaba echando la llave a la puerta oyó abrirse la del apartamento de enfrente. Se volvió: atónito, sin comprender al principio, enfrentó a Berkowickz y a Ginger. Sonreían. Lo saludaron, celebraron el encuentro con una desproporcionada efusión que Mario primero creyó malévola, después simplemente irreflexiva. Balbuceó algo, aturdido. Berkowickz siguió hablando mientras los tres bajaban las escaleras. Se detuvieron en el porche.

—¿Vas al departamento? —preguntó Ginger: en la boca se le había congelado una sonrisa perfecta—. Si quieres podemos llevarte.

Mario la miró con ojos incrédulos, casi agonizantes tras los cristales de las gafas. Ginger no registró, o no quiso registrar, la mirada de Mario, y quizá repitió el ofrecimiento, porque él respondió:

—No hace falta. —Luego mintió—: Branstyne va a pasar a recogerme en seguida.

Berkowickz aprovechó el silencio que había abierto la respuesta de Mario para lamentar amistosamente que, pese a ser vecinos, aún no hubieran hallado un momento para conversar con calma.

—Se me ocurre una idea —dijo pasando un brazo posesivo por el cuello de Ginger y abandonándoselo en el hombro izquierdo—. ¿Por qué no te pasas esta tarde por mi apartamento y tomamos una copa juntos?

Mario buscó torpemente un modo de rechazar la invitación. No tuvo tiempo de hallarlo.

—OK —dijo Berkowickz, pensando sin duda que Mario al callar otorgaba—. Pásate cuando quieras: estaré toda la tarde en casa.

—Hasta luego, Mario —se despidió Ginger, siempre sonriendo—. Nos vemos en el departamento.

Los vio alejarse enlazados hacia el coche de Berkowickz. Tratando de no pensar en lo que acababa de ver, notó que había llovido durante la noche: el aire estaba limpio y olía a tierra mojada; incrustado en un cielo barrido de nubes, purísimo, el sol de las nueve centelleaba en el césped. Berkowickz y Ginger volvieron a saludarlo, sacando las manos por la ventanilla del coche, cuando ya se perdían West Oregon abajo.

Mario tomó el autobús, entró en Lincoln Hall, dictó la clase que le correspondía, cruzó el Quad, llegó al departamento, recogió el correo, saludó a Joyce, a Wojcik, a Hyun, conversó un instante con Olalde, volvió a tomar el autobús, comió, durmió la siesta; ninguna de estas actividades, sin embargo, logró que su mente dejara de rumiar el encuentro que había tenido con Ginger y Berkowickz, ni la cita que, para esa misma tarde, había concertado con éste. El primer hecho era de fácil interpretación: como ya era irreversible, trató de olvidarlo (no pudo: la sonrisa de Ginger flotaba en los labios de la alumna pelirroja, en los de Joyce, en los de Wojcik y en los de Hyun, en los de Olalde); no así el segundo: de un modo confuso intuyó que Berkowickz, quizá inconscientemente, le estaba ofreciendo una oportunidad que no debía desperdiciar. «Una oportunidad de qué», se preguntó.

Trató de reflexionar con orden.

¿Debía acudir a la cita? Conjeturó que Berkowickz quería hablarle de Ginger; o de la relación que, a juzgar por la escena que había presenciado esa mañana, lo unía o estaba empezando a unirlo a ella; o de lo que Ginger le habría contado acerca de él; o de todas esas cosas a un tiempo. Descartó esta idea: no había advertido un solo síntoma de turbación o contrariedad en la actitud de Berkowickz, cuando por la mañana lo sorprendió junto a Ginger en el descansillo; tampoco al despedirse de él. Por lo demás, si tenía conocimiento de los vínculos que hasta entonces lo habían unido a Ginger —cosa que parecía bastante improbable— era casi seguro que prefería olvidarlos o, más razonablemente, que no le interesaban. En otro momento (al entrar en Lincoln Hall, durante la clase, mientras caminaba por el Quad) concibió la posibilidad de que Branstyne le hubiera contado o insinuado a Berkowickz que él, Mario, atribuía absurdamente a su presencia la tromba de desdichas que se le había venido encima; Berkowickz se habría sentido de algún modo responsable, y tal vez deseara darle algún tipo de explicación, o simplemente reconciliarse con él, ganarse su simpatía. Descartó también esta hipótesis: «O ignoro cómo funciona el mundo», pensó, «o los tipos como Berkowickz no conocen el sentimiento de culpa». Por otra parte, ¿qué interés podía tener el nuevo inquilino en ganarse su aprecio, si ni siquiera sabría imaginar en él a un potencial enemigo...? Más tarde pensó que Berkowickz quería aplastarlo definitivamente, humillándolo con una exhibición de currículum y de amabilidad, de energía intelectual, de vitalidad exuberante.

Después de dormir la siesta intentó poner de nuevo en orden sus ideas. Reconsideró las hipótesis que había formulado; aventuró otras. Todas le abocaban a una curiosa operación: cada uno de los motivos que acertaba a poner en la mente de Berkowickz al concertar la cita se metamorfoseaba en otras tantas razones para no acudir a ella. Esto le llevó a no dar de lado la posibilidad, que en algún momento le había parecido remota, de que Berkowickz, tal y como había declarado en el porche, deseara simplemente conocerlo, conversar con él: al fin y al cabo era cierto que aún no habían tenido oportunidad de cambiar impresiones. «En cualquier caso», concluyó con resolución no exenta de agrado por el implacable rigor lógico con que había encadenado sus razonamientos, «lo que es seguro es que, si no acudo a la cita, Berkowickz va a pensar que no me atrevo a enfrentarme a solas con él.»

A las ocho pasadas llamó a la puerta del apartamento de enfrente. Berkowickz tardó en abrir; cuando lo hizo (vestía pantalones de dril de color saco, una camiseta garabateada de firmas de conocidos pintores, con un anagrama del Art Institute de Chicago, alpargatas de lona; en la mano izquierda sostenía un periódico doblado), Mario advirtió en sus ojos que había olvidado la cita. Quizá para ocultar este hecho, o sólo a modo de saludo, Berkowickz sonrió de un modo excesivo.

—Pasa, Mario, pasa —dijo franqueándole la entrada; en seguida admitió—: La verdad es que había olvidado que teníamos una cita. Con tantas cosas que hacer se me lía la cabeza. Pero no importa…

Berkowickz prosiguió hablando; Mario no lo escuchaba: no bien entró en el apartamento empezó a ganarle una incomodidad visceral que se traducía en una especie de vértigo, algo como un hueco en el estómago. Se sentó en un sofá dejando a un lado la muleta. Berkowickz le puso en la mano un vaso de whisky que él no creía haber pedido: lo sostuvo blandamente, se removió en el sofá. Veía gesticular a su anfitrión, le veía sonreír y enarcar las cejas, pero era incapaz de concentrarse en lo que estaba diciendo: las palabras de Berkowickz se escurrían en sus oídos sin dejar huella alguna. Se restregó los ojos, el nacimiento de la nariz, la frente. Sólo entonces empezó a reconocer con estupor la mesa de madera blanca, las sillas metálicas, los cuadros vagamente cubistas, el anuncio de la exposición de la obra de Toulouse-Lautrec en una galería de Turín; reconoció junto a él la televisión, el tocadiscos, la mesita transparente, de dos pisos, la reproducción del Hockney colgada de una alcayata en la pared, el sofá de color crema en que estaba sentado, los dos sillones del mismo color; reconoció el minucioso enjambre de objetos que atestaba la vitrina: la pipa argelina, las viejas pistolas y el reloj de arena, la fragata prisionera en la botella de Chianti, las figuras de barro cocido, el elefante de marfil.

Un hilo de frío le recorrió la espalda.

Aturdido, bruscamente crédulo, comprendió que el apartamento de Berkowickz era una réplica perfecta, aunque invertida, de su propio apartamento: el perverso reflejo de éste en un espejo atroz. Tuvo miedo: sentía las manos empapadas de sudor; el corazón le palpitaba desordenadamente en la garganta. Trató de gobernar sus nervios, de sobreponerse. Para afrontar la situación, construyó una frase: «La valentía no consiste en no tener miedo: eso se llama temeridad; la valentía consiste en tener miedo, luchar contra él y vencerlo». Reconfortado o fortalecido por esta reflexión, se esforzó en seguir el monólogo de Berkowickz, que, sentado en un sillón frente a él, continuaba hablando y gesticulando. En algún momento, borrosamente, creyó entender que Berkowickz exponía un problema relacionado con la configuración de la sílaba en italiano. Mario asentía cabeceando. Al cabo de un rato comprendió que ya no podía más: pretextó un dolor de cabeza repentino, se levantó del sofá sin mirar a Berkowickz (sobre la mesa, el vaso de whisky permanecía intacto) y se dirigió a la salida.

—Ten: léete esto cuando tengas un momento —oyó que Berkowickz le decía con una sonrisa impecable, alargándole un fajo de papeles fotocopiados—. Si te parece podemos discutirlo con calma otro día. —Luego, apoyando una mano fraternal sobre el hombro de Mario, agregó—: Y cuídate ese dolor de cabeza: a veces las cosas más tontas nos complican la vida.

Cuando levantó el tubo del teléfono notó que las manos le temblaban; tuvo que marcar varias veces el número.

—¿Señora Workman? Soy Mario Rota.

—¿Qué desea? —La voz de la señora Workman sonó honda, empapada de sueño.

—La llamo para hablarle del nuevo inquilino.

—¿Qué pasa con el nuevo inquilino?

Mario respondió con un hilo de voz:

—Que tiene los mismos muebles que yo.

Hubo un silencio.

—¿Señora Workman? —inquirió Mario—. ¿Está usted ahí?

—No le dará vergüenza llamarme a estas horas para contarme eso —murmuró la señora Workman como hablando consigo misma.

—¿Cómo dice?

—¿No le parece que es un poco tarde para llamar por teléfono? —dijo la señora Workman con voz amable; prosiguió en tono de suave reconvención—: Creo haberle dicho muchas veces que me acuesto muy pronto, que procure llamarme a horas razonables. ¿O es que ha estado bebiendo?

—No, señora Workman, le aseguro que no —se apresuró a declarar Mario con la voz encogida de angustia—. Pero es que es horrible, ¿no se da cuenta? Berkowickz tiene los mismos cuadros que yo, el mismo sofá, los mismos sillones, *todo* igual.

—Y qué quiere que le diga —graznó irritadamente la anciana—. Tendrá el mismo gusto que usted, cosa que sería una desgracia. O los habrá comprado en el mismo sitio. Yo qué sé, hombre, cómo quiere que lo sepa.

—Pero es que son *exactamente* iguales —casi gritó Mario; en seguida imploró—: Señora Workman, *hay* que hacer algo.

—Desde luego —contestó la señora Workman—. Métase en la cama y duerma la mona.

18

Durante la noche despertó varias veces, bañado en sudor, con las sábanas revueltas; en una ocasión imaginó que acababa de soñar la visita que había hecho el día anterior al apartamento de Berkowickz; otra vez, mientras fumaba un cigarrillo insomne mirando por la ventana del despacho (afuera los globos de las farolas proyectaban sobre la calle una luz escasa), deseó con fervor que aquella semana hubiera sido sólo una pesadilla; en algún momento logró conciliar el sueño, confortado por la esperanza de que al día siguiente todo fuera distinto.

Al día siguiente despertó con la certidumbre de que nada iba a ser distinto. Eran las siete de la mañana; filtrada por las cortinas, la luz esquelética del amanecer iluminaba la pieza. Aunque lo abrumaba la perspectiva que se abría ante él (un sábado desierto de una sola actividad en que ocupar el tiempo), se levantó en seguida, se afeitó y duchó, desayunó apenas una taza de café; intentó ahuyentar de su mente la ominosa proximidad del apartamento de Berkowickz, al otro lado del descansillo. Trató de leer, pero no podía concentrarse; morbosamente, hojeó el fajo de fotocopias que Berkowickz le había entregado el día anterior: era un artículo titulado «The syllable in phonological theory; with special reference to Italian», firmado por Daniel Berkowickz. Dejó el fajo de fotocopias en el sofá y se dirigió al despacho, donde estuvo un rato ordenando papeles. A las nueve y media ya no sabía qué hacer. «Si al menos pudiera salir a correr», pensó encendiendo un cigarrillo. Fue entonces cuando recordó que casi había transcurrido una semana desde que le vendaran el tobillo; recordó las palabras del médico: «Vuelva dentro de una semana». Pidió por teléfono un taxi y, mientras lo esperaba en el porche, se alegró de haber hallado algo en que ocupar la mañana; también le alegraba la mera posibilidad de deshacerse de la venda, la muleta y la cojera que lo habían estado humillando durante toda la semana.

El taxi se detuvo en la explanada de asfalto rodeada de césped donde Mario había aparcado su coche una semana atrás: el viejo Buick de segunda mano estaba todavía allí; Mario sintió por él una especie de ternura.

Entró en el hospital. Al final de un pasillo de paredes blanquísimas halló un hall con varias hileras de sillas, algunas alfombras y un mostrador tras el que se atrincheraba una enfermera de cara colorada y manos carnosas. Mario la reconoció. Apoyando la muleta contra el mostrador y acodándose en él, esperó que la enfermera acabase de atender una llamada. Cuando colgó el teléfono se volvió hacia Mario y le alargó un formulario.

—No sé si me recuerda —dijo Mario sonriendo, porque estaba seguro de que la enfermera lo reconocería y podría tal vez ahorrarle el trámite—. Estuve aquí la semana pasada y...

—Haga el favor de rellenar el formulario —lo atajó en seco la enfermera; luego agregó en voz más baja—: Estaría bueno que tuviera que acordarme de todo el que pasa por aquí.

Mario rellenó el formulario, se lo entregó a la enfermera; ésta le indicó la hilera de sillas que se alineaban frente al mostrador y le invitó a que esperara. Mario se sentó en una silla dejando en la de al lado una bolsa en la que había tenido la precaución de meter el zapato y el calcetín que formaban pareja con los que llevaba puestos en el pie derecho; hojeó números atrasados de *Newsweek*, de *Discovery*, de *Travel and Leisure*. En un par de ocasiones notó distraídamente que la enfermera se asomaba por encima del mostrador para mirarlo; él sonrió, pero la enfermera volvió a hundirse en su gruta. La oía conversar por teléfono, en voz baja, y una vez creyó oír el nombre de Berkowickz. Casi con asco, pensó: «No hay modo de librarse de él». Volvió a sentir una bola de angustia en la garganta; volvieron a sudarle las manos. Entonces pensó que desde que entrara en el hospital no había visto a nadie salvo a la enfermera de la cara colorada: ni médicos, ni pacientes, ni otras enfermeras. Se estremeció. Absurdamente, pensó en volver a casa y quitarse él mismo la venda. Al cabo de un instante oyó que una enfermera, desde el otro lado del hall, lo llamaba por su nombre y le pedía que la siguiera.

Entraron en una habitación que olía a limpio, a yodo y vendas. La enfermera le indicó que se tumbara en la cama que ocupaba el centro del cuarto, le quitó la venda del tobillo, se lo examinó: bajo el foco de luz oblicua que los iluminaba, Mario advirtió la poblada sombra de vello que ensuciaba la parte superior de los labios de la enfermera; comprendió que se trataba de la misma que lo había atendido la semana anterior. Se incorporó un poco, apoyándose en un codo, y la miró ansiosamente, como si buscara una señal de reconocimiento en los ojos de ella. La enfermera sonrió con frialdad; dijo:

—El doctor lo atenderá en seguida.

Al cabo de un instante entró el médico: pálido, oriental, menudo, nervioso; a Mario ya no le sorprendió que fuera el mismo médico de la semana anterior. Se recostó de nuevo en la cama mientras sentía en varios puntos del pie la presión de unos dedos indagadores. Procuró relajarse, no pensar en nada. Encorvado sobre el tobillo de Mario, el doctor aguzaba la vista; los ojos se le adelgazaron hasta convertirse en ranuras.

—¿Duele? —preguntó el médico apretando levemente el empeine.

Mario volvió a incorporarse: notó que la hinchazón del tobillo había desaparecido; la palidez amarillenta y las manchas de mugre que le oscurecían la piel delataban la reciente presencia del vendaje. La enfermera los observaba sonriente, retirada a una distancia discreta.

—¿Duele? —repitió el médico.

—No —aseguró Mario—. No duele.

—Hum —murmuró el médico.

—¿Qué pasa?

—El tobillo está bien —afirmó el médico irguiéndose y mirando a Mario: las dos ranuras se convirtieron en dos óvalos verdes. Sonrió, se dirigió al lavabo, que estaba al otro extremo del cuarto; se lavó las manos.

—¿Del todo? —preguntó Mario.

—Del todo —respondió el médico volviéndose mientras se secaba las manos con una toalla.

Quizá estúpidamente, Mario preguntó:

—¿Podría salir a correr mañana mismo?

El doctor volvió a mirarlo a los ojos; volvió a sonreír, esta vez con malicia. Luego desvió la mirada hacia el tobillo, sucio y desnudo contra la blancura de las sábanas.

—Podría —aventuró—. Pero es mejor que lo deje para el lunes.

Con precipitación, deseando salir del hospital cuanto antes, Mario se lavó el pie ante la sonrisa inmutable de la enfermera, se puso el calcetín y el zapato. Cruzó el hall acompañado por la enfermera, agotó el pasillo, llegó a la puerta. Cuando se disponía a salir, la mujer lo retuvo cogiéndole un brazo; escrutó a un lado y a otro el pasillo, miró a Mario de un modo extraño, sonrió.

—Lo he reconocido —susurró—. Sabía que iba a volver.

Antes de que la enfermera se acercara para besarlo, Mario pensó: «Ahora me despertaré».

19

Mario salió a correr a las ocho de la mañana del lunes. En seguida advirtió que un halo de bruma difuminaba la calle: las casas de enfrente, los coches aparcados junto a la calzada y los globos de luz de las farolas parecían dotados de una existencia inestable y borrosa. Procurando no forzar el tobillo, hizo algunas flexiones de brazos y piernas sobre la breve extensión de césped que daba acceso a la casa; pensó: «Ya está aquí el otoño». Entonces recordó algo, casi sonrió: regresó a casa y volvió a salir al cabo de un instante, esta vez con las gafas puestas. Disuelta la bruma, Mario echó a correr por el sendero de lajas grisáceas que discurría entre la calzada y los jardines meticulosos, cercados de canteros y bardas de madera, que se alineaban ante las casas. Al principio corrió con cuidado, casi con miedo, apoyándose apenas en el pie izquierdo; luego, como notó que el tobillo no se resentía, avivó el paso.

Las calles estaban desiertas. Durante los cinco primeros minutos de carrera sólo vio a una joven acuclillada junto a un mazo de anémonas, en el jardín posterior de la First Church of Christ Scientist, al doblar a la derecha por McCollough; la joven se volvió: una sonrisa devota desnudó sus dientes; Mario se creyó obligado a devolverle el saludo: sonrió. Más tarde, ya en Pennsylvania, se cruzó con un hombre de pelo canoso, calzón corto y camiseta negra, que corría en dirección contraria a la que él llevaba; sujeto por un cordón a la cintura, un casete alimentaba dos audífonos que emitían un zumbido en el que la expresión del hombre parecía concentrada. Después se sucedieron una camioneta del correo; un anciano negro, patizambo, que apoyaba en un bastón de madera su paso decrépito; una joven de laboriosos rasgos orientales; una familia que desayunaba bulliciosamente en un porche, entre risas y advertencias paternales. Cuando, ya de regreso, volvió a enfilar West Oregon, la ciudad parecía haber recobrado el pulso diurno.

Entonces vio el cantero de dalias en que el lunes de la semana anterior se había torcido el tobillo. No pensó nada.

Jadeante, sudoroso, casi feliz, llegó a casa. Se duchó; preparó el desayuno (zumo de melocotón, huevos revueltos con beicon, tostadas, café con leche) y comió con apetito mientras oía las noticias de la radio. Al salir de casa se dijo que el ejercicio físico le había hecho bien, había ahuyentado la angustia, quizá también el miedo: se sentía animoso.

A las nueve y cuarto aparcó el Buick frente al Foreign Languages Building. Recogió la cartera de cuero del asiento derecho, entró en el edificio. El hall estaba semivacío: sólo unos pocos jóvenes, desparramados en el suelo de moqueta, recostados contra las paredes, estudiaban o dormitaban esperando la próxima clase.

Subió a solas en el ascensor. Cuando llegó a la oficina central del departamento Branstyne y Swinczyc estaban conversando en voz baja; dejaron de hablar no bien advirtieron la presencia de Mario: se volvieron hacia él, lo saludaron. Tras algún comentario inocuo acerca del tiempo o del tedio de los fines de semana (o tal vez acerca del Congreso de la Asociación de Lingüistas), al que apenas prestó una atención distraída, Mario se llegó hasta su buzón. Recogió un sobre; lo abrió: Scanlan le rogaba que fuera a hablar con él inmediatamente. Resignado, pensó: «Ya está».

Como no vio a Joyce llamó directamente a la puerta de Scanlan.

—Adelante —dijo.

Scanlan estaba sentado tras el escritorio; no se levantó: con un gesto indicó a Mario que tomara asiento frente a él. Mario se sentó. La luz de la mañana iluminaba el despacho: las paredes blancas, las sillas de gamuza, el escritorio cubierto de papeles, el póster que anunciaba una exposición retrospectiva de la obra de Botero, los ojos de Scanlan, oscuros e inteligentes tras los gruesos cristales de las gafas.

Scanlan se acarició la barba, parpadeó.

—Bien, Mario —dijo con voz suave—. Supongo que podrás darme una explicación.

Mario lo miró a los ojos sin entender.

—¿De qué? —preguntó.

Scanlan le sostuvo un momento la mirada, volvió a parpadear, suspiró. Luego abrió un cajón del escritorio, sacó un papel y se lo alargó a Mario. Éste lo leyó: los alumnos de la primera y segunda sección de fonología informaban al jefe del departamento de que el profesor encargado de impartir la asignatura no había comparecido en ninguna de las dos clases desde que se iniciara el curso.

—¿Qué quiere que le diga? —dijo Mario devolviendo el papel a Scanlan y sintiendo un leve cosquilleo de satisfacción en el estómago—. Pregúntele a Berkowickz.

—¿A quién? —inquirió Scanlan frunciendo levemente el ceño.

—A Berkowickz —repitió Mario—. A él le toca enseñar a esas dos secciones.

—Pero ¿te has vuelto loco o qué? —bramó Scanlan, fuera de sí, poniéndose de pie y descargando un manotazo sobre el escritorio—. ¿Se puede saber quién demonios es Berkowickz?

Confundido, sin saber qué responder, casi preguntando, Mario declaró:

—El nuevo profesor de fonología.

Scanlan lo miró con ojos incrédulos.

—Mira, Mario —dijo por fin, conteniendo la ira que le temblaba en las manos—. Te aseguro que soy capaz de entender que intentes quitarte responsabilidades de encima para cargárselas a otro: es una mezquindad, pero puedo entenderlo. Lo que ya no me entra en la cabeza es que intentes tomarme por idiota. ¿De verdad te crees que lo soy o qué? —Hizo una pausa, respiró hondo, indicó la puerta con un dedo admonitorio, añadió—: Y ahora óyeme bien: si no sales del despacho en este momento y te vas a enseñar a esas dos clases sin que vuelva a tener una sola queja de ti, te juro que ahora mismo hago trizas tu contrato y te pongo en la calle. No sé si he hablado claro.

Mario se levantó y salió del despacho. Scanlan se quedó mirando la puerta, de pie, alterado; luego se sentó, se acarició suavemente la barba, examinó los papeles que tenía sobre la mesa, extendió algunas firmas. Al cabo de unos minutos levantó la vista, parpadeó.

—Berkowickz —murmuró mirando fijamente un punto en el aire, abstraído—. Berkowickz.

20

Mario caminó apresuradamente por el pasillo, sin saludar a nadie. Llegó hasta el despacho; con manos temblonas sacó del bolsillo un manojo de llaves, escogió una, intentó abrir la puerta: no lo consiguió. Trató de serenarse; buscó la llave que tenía grabado el número 4041, que correspondía al número de la oficina; en vano: la llave no apareció. En seguida notó que la puerta se abría por dentro, y la contrahecha silueta de Olalde se dibujó contra la claridad insuficiente del despacho; sonreía con una mueca que le araba de arrugas la frente y dejaba entrever una dentadura sucia de nicotina.

—Esta vez ha habido suerte, joven —dijo sin deshacer la mueca—. Pero ándese con ojo: puede que a la próxima ya no haya tanta.

—No sé de qué me está hablando —dijo Mario con precipitación, sin pensar lo que decía, casi con miedo.

—Sabe perfectamente de qué le estoy hablando —dijo Olalde—. Pero allá usted: ya tiene edad para saber lo que le conviene. Por lo menos se habrá dado cuenta de que a veces las cosas más tontas nos complican la vida.

Mario no dijo nada; desanduvo el pasillo. Cuando pasaba ante la puerta del despacho de Berkowickz se detuvo, escrutó el pasillo a izquierda y derecha, interrogó el manojo de llaves, halló la que tenía grabado el número 4043. Abrió la puerta: reconoció los libros apiñados sobre la mesa y los anaqueles, la nevera portátil, las cajas de cartón colmadas de papeles, los ceniceros sucios, el desorden general y el olor a cerrado; comprendió que todas sus cosas estaban allí.

Dictó tres clases.

Al llegar a casa marcó un número de teléfono.

—¿Señora Workman?

—Dígame.

—Soy Mario Rota —dijo Mario—. La llamo por un asunto delicado.

—Usted dirá.

—Se trata del nuevo inquilino.

—El nuevo inquilino —repitió la señora Workman con voz fatigada.

—El señor Berkowickz, quiero decir.

—¿El señor qué?

—Berkowickz —repitió Mario—. Daniel Berkowickz. El profesor de lingüística, mi colega, el inquilino que ocupa el apartamento donde vivía Nancy.

Hubo un silencio.

—Le voy a ser sincera, señor Rota, espero que no lo tome a mal —dijo al cabo la señora Workman—. Usted sabe mejor que nadie que cuando Nancy me habló de sus excentricidades, por llamarlas de algún modo, opté por ser tolerante. Ella actuó como debe hacerlo un buen inquilino, y yo no voy a consentir que ande usted molestándola, ni a ella ni a ninguno de los demás inquilinos, como por cierto hizo usted el otro día conmigo llamándome a horas intempestivas, probablemente bebido.

—Señora Workman…

—No me interrumpa –lo interrumpió la señora Workman–. Tuvo suerte de que estaba medio dormida y casi ni me acuerdo de lo que dijo. O a lo mejor es que no quiero acordarme. De todos modos déjeme que le diga una cosa: acepto que usted y Nancy no se lleven bien, que hayan tenido problemas, pero aunque yo no le atribuyera a usted toda la culpa Nancy es la inquilina más antigua de la casa y tiene más derecho que usted a permanecer en ella; además, nunca me ha dado un motivo de preocupación. Preferiría que mis inquilinos se llevasen bien, pero le aseguro que si vuelvo a tener una sola queja de usted o vuelve a comportarse irregularmente no tendré el menor escrúpulo en ponerlo en la calle.

—Pero, señora Workman –se quejó débilmente Mario–. Si fue usted misma quien me presentó al señor Berkowickz y…

—Mire, señor Rota –dijo la señora Workman en tono concluyente–. Déjese de decir tonterías. Ni sé quién es el señor Berkowickz ni me interesa. No quiero hablar más del asunto; ya está todo dicho. Pero se lo repito por última vez: espero no volver a tener una sola queja de usted. Y siga mi consejo: abandone la bebida.

La señora Workman colgó el teléfono. Fue al cuarto de baño, se lavó la cara y las manos, se miró en el espejo, se puso un poco de color en las mejillas y los labios, se pasó un cepillo por el pelo; luego humedeció con una gotita de perfume el envés del lóbulo de las orejas. Regresó a la habitación y recogió un bolso beige y una chaqueta de hilo que se puso en el comedor mientras echaba un último vistazo a la casa.

Sacó el coche del garaje y tomó por Ellis Avenue

hasta desembocar en Green; en el cruce la detuvo el se-
máforo que gobernaba el tráfico. Entonces, mientras esperaba abstraída el cambio de luces, murmuró:

—Berkowickz.

21

Sentado en el sofá del comedor, Mario encendió un cigarrillo, aspiró con delectación el humo. Después marcó un número de teléfono.

—¿Ginger? —dijo cuando hubo contestado una voz femenina—. Soy Mario.

—¿Cómo estás, Mario? —dijo Brenda—. Ginger no ha llegado aún. ¿Quieres que le dé algún recado?

Mario dudó; luego dijo:

—Dile que he llamado y que…

—Ah, estás de suerte —dijo Brenda—. Aquí llega Ginger. Te pongo con ella, Mario. Hasta luego.

Mario oyó un murmullo indistinto a través de la línea.

—¿Mario? —dijo Ginger un momento después—. ¿Cómo estás?

—Bien —dijo Mario—. Me estaba preguntando si tienes algo que hacer esta tarde.

—Nada especial —dijo Ginger—. ¿Por qué?

—No sé —dijo Mario—. Se me ocurrió que a lo mejor te apetecía venir a tomar algo a casa.

—Me parece una idea fantástica —dijo Ginger—. ¿Cuándo quieres que vaya?

—Cuando te parezca bien —dijo Mario—. Ahora mismo, si quieres.

—Voy para allá —dijo Ginger. Y colgó.

Mario dio una última calada al cigarrillo y lo apagó en un cenicero. Miró el montón de libros y papeles apilados desordenadamente en el brazo derecho del sofá; pensó en ordenarlos, en trasladarlos al despacho para hacer tiempo mientras llegaba Ginger.

Entonces se le ocurrió una idea. Se levantó del sofá y abrió con sigilo la puerta del apartamento; cruzó el descansillo. Pegó el oído a la puerta de enfrente, contuvo la respiración, escuchó en silencio.

—¡Ya estoy hasta la coronilla de ti, cerdo italiano! —oyó tronar a su espalda—. ¡Hasta la coronilla!

Cargada de paquetes, Nancy arrastraba escaleras arriba la mole de su cuerpo: penosamente. Mario manoteó, se disculpó con torpeza retrocediendo hacia su apartamento; después se ofreció a ayudar a Nancy con los paquetes.

—Mierda seca —contestó Nancy depositando el cargamento en el suelo; resolló; escarbó en un bolsillo del amplísimo vestido que en vano trataba de sembrar la confusión respecto a las verdaderas dimensiones de lo que ocultaba; sacó un manojo de llaves; añadió—: De ésta no pasa, italiano. Ahora mismo llamo a la vieja.

—No, Nancy, por favor —rogó Mario dando un paso hacia ella y extendiendo los brazos en actitud casi implorante—. A la señora Workman no.

Nancy había abierto la puerta. Se volvió para enfrentar a Mario: éste advirtió que unas gotas de sudor perlaban la frente de la mujer.

—Pero ¿se puede saber qué coño estabas haciendo ahí?

—El nuevo inquilino —balbució Mario—. Sólo quería ver si Berkowickz... este... bueno.

Mario sonrió sin acabar la frase. Nancy lo miró con resignación, casi con pena.

—No sólo eres un cerdo, italiano —diagnosticó balanceando levemente la cabeza a izquierda y derecha—. Además te estás volviendo majara.

Nancy cerró de un portazo. Mario regresó al apartamento cerrando tras él la puerta con suavidad.

Al cabo de un rato llegó Ginger. Vestía un suéter azul con botones rojos, una minifalda negra y unos zapatos también negros, algo gastados; le brillaban los ojos. Mario pensó: «Está preciosa». Se sentaron en el sofá del comedor. Mario propuso un whisky; Ginger aceptó. Mario preparó en la cocina dos whiskys con hielo y regresó al comedor.

Conversaron animadamente, riendo y bebiendo.

—Me alegro —dijo en algún momento Ginger, tras un silencio, mirando a Mario con unos ojos serios, azules, enamorados.

—¿De qué? —preguntó Mario bebiendo un sorbo de whisky.

—No sé —dijo Ginger. Sonrió débilmente; agregó—: Esta semana has estado tan raro.

—Me imagino —dijo Mario.

Hubo un silencio.

—Creí que habíamos acabado —declaró Ginger al cabo.

—Yo también —dijo Mario.

Dejó el vaso de whisky en el suelo, se acercó a ella, le pasó un brazo por el cuello, le acarició la nuca y el nacimiento del pelo, le besó suavemente los labios. Prolongando el beso resbalaron hasta recostarse contra el brazo derecho del sofá, y entre risas oyeron caer al suelo el montón de libros y papeles apilados allí: un diccionario italiano-alemán, notas para las clases, apuntes, un manual de fonología y la fotocopia de un artículo titulado «The syllable in phonological theory; with special reference to Italian», firmado por Daniel Berkowickz.